AF389028

MERVEILLEUSE SCHOLA
ET AUTRES NOUVELLES

Copyright © 2023 **Charlotte Benoit**
Tous droits réservés

Auto-édition (Tressange - France)

Clichés de l'auteure

ISBN : 978-2-9559523-4-4
Dépôt légal : avril 2023

Les personnages et les événements décrits dans ce livre sont fictifs. Toute similarité avec des personnes réelles, vivantes ou décédées, est une coïncidence et n'est pas délibérée par l'auteur.

Aucune partie de ce livre ne peut être reproduite, stockée dans un système de récupération, ou transmise sous quelque forme que ce soit ou par quelque moyen que ce soit, électronique, technique, photocopieuse, enregistrement ou autre, sans autorisation écrite expresse de l'éditeur.

Charlotte Benoit

MERVEILLEUSE SCHOLA
ET AUTRES NOUVELLES

onidra.fr

À Frédéric, mon mari, et toutes les histoires
que nous avons encore à vivre.

Table des matières

Soleil de Sang 11

Ombres et Lumières 21

Enquête 29

Lyse 35

Borvo 43

Réveil (suite de Borvo) 55

Désert de glace 69

Crépuscule 77

Demain 87

Insomnies 93

Dimanche des Rameaux 101

Barque 107

Porte du sol 115

Boîte 125

Point de vue 135

Merveilleuse Schola 147

Pour conclure 165

Soleil de Sang

Les égouts résonnent du souffle rauque des poursuivants. Les faisceaux des lampes torches sautent au rythme de la course. Les policiers s'arrêtent. Loin devant eux, un pas plus léger leur indique la direction. Ils repartent, essoufflés, hors d'haleine. Stéphane et Sébastien abandonnent la poursuite. Ils s'appuient à une paroi et se plient en deux. Un seul continue. À une intersection, Charlie hésite. Le silence garde ses secrets, seul le doux clapotis de l'eau subsiste. Aux aguets, il patiente mais rien… La poursuite se révèle vaine. Il revient sur ses pas. Ses collègues l'attendent. Charlie sort un grand mouchoir de sa poche et s'essuie la figure. L'air est irrespirable, nauséabond. Il tousse.

— Le salaud s'est barré…

Ils le savent tous. Que répondre? Ils marchent en silence et remontent à la surface. Il est cinq heures du matin et le thermomètre affiche les trente degrés. La terre gorgée expurge désespérément son trop plein de chaleur.

Charlie avance en tête, courbé. Difficile de lui donner un âge, ses traits fatigués le vieillissent et ses cheveux grisonnants deviennent rares sur son front dégarni. Sébastien et Stéphane sont plus jeunes, c'est certain, et se ressemblent dans leurs uniformes conventionnels, cheveux bruns coupés cours, yeux noirs. Ils suivent leur supérieur à distance respectable, craignant son courroux.

Plusieurs voitures sont garées autour d'une maison de banlieue, illuminant la scène de leurs seuls phares. L'éclairage public ne fonctionne plus depuis des jours. Un policier finit d'installer des banderoles de sécurité. Une journaliste suivie de près par son caméraman se précipite vers Charlie, armée d'un micro.

— Monsieur le Commissaire, bonjour ! À votre présence sur les lieux, je présume qu'un nouveau crime s'ajoute aux forfaits du tueur de femmes ?

— Il est trop tôt pour en être certain. Les méthodes correspondent. Nous vous tiendrons informés. Veuillez m'excuser, du travail m'attend.

Il se refuse à tout autre commentaire et abandonne la journaliste derrière la zone protégée. Il entre dans la maison sombre. Son intuition le guide jusqu'au salon. Une silhouette penchée sur le corps se retourne vers lui à son entrée. Annie Summer. Il sourit, il apprécie son travail précis et efficace.

— Salut Charlie.

— Salut Annie. Alors ?

— Pas de doute.

Il soupire. Annie se relève et allume un gros projecteur. Le corps blafard d'une femme nue apparait dans toute sa crudité, se découpant sur la moquette grise. Elle se tient couchée, rigide, figée pour l'éternité, une souffrance indescriptible peinte sur ses traits déformés, au milieu d'un pentacle dessiné avec son sang.

— Morte depuis trente minutes environ.

— On a failli l'avoir cette fois.

Il observe le corps, de loin, répugnant à le manipuler. Une

terreur ancienne lui dicte de fuir au plus vite les exactions de ce psychopathe, mais son métier l'oblige à rester. D'une voix à peine chuchotée, Annie murmure :

— La répétition du moindre détail est impressionnante. Femme, blanche, la quarantaine, blonde, yeux bleus. Divorcée. Vivant seule…

Charlie nage dans sa sueur dérangeante. Pourtant, la seule chaleur n'explique pas cette soudaine bouffée. Il halète, mal à l'aise. Il recule d'un pas vers la sortie.

— Un voisin, rentrant d'une soirée, a entendu un cri. Ce malade se trouvait sur les lieux à notre arrivée. Je cours moins vite que lui…

— Dommage.

— Tu peux le dire.

Les policiers tentent de rassembler des preuves sur la scène de crime malsaine. Elle ne livre pas ses secrets facilement. L'assassin possède un professionnalisme aussi macabre qu'impressionnant. Une ambulance embarque le corps, les scellés sont posés et les équipes se dispersent, pressées de quitter cette maison maudite.

Dehors, l'horizon rougeoie. Les hommes frissonnent et se pressent de fuir la chaleur. Les habitudes changent vite et, cet été, l'Europe apprend à vivre la nuit. Les volets claquent, les portes se scellent. La ville sombre dans l'endormissement, alors que le jour se lève.

Charlie remonte la rue principale dans le grondement du moteur fatigué. L'huile chauffe, il continue pourtant. Il ressent une panique inexpliquée à l'idée de se tenir dehors au lever de l'intolérable chaleur du soleil. Une odeur de brûlé règne dans l'habitacle. Il ne ralentit pas. Les premiers rayons lèchent déjà les toits des plus hauts immeubles. Le moteur broute, s'essouffle et refuse d'accélérer. Charlie utilise sa lancée pour parcourir les derniers mètres, il braque et dérape. Les pneus hurlent sur le macadam. Il redresse les roues et s'engouffre dans une entrée de parking.

Toutes les autres voitures de patrouille sont déjà rentrées. Il avance au ralenti pour se garer. Le moteur refuse et cale. Définitivement. En pestant, Charlie sort du véhicule, énervé contre sa propre bêtise. Avec rage, il pousse la voiture jusqu'à un emplacement matérialisé à terre et claque la portière qui gémit. Il se redresse et son dos craque. Il récupère sa veste sur la banquette arrière et abandonne le véhicule après avoir asséné un coup de pied à la roue arrière. Il est sept heures maintenant et le thermomètre frise les quarante degrés. Le matériel supporte mal ces conditions extrêmes. Comme les gens. Tous vieillissent prématurément, souffrent et certains meurent. Charlie avance lourdement, ses chaussures crissent sur le revêtement. Des pas légers viennent à sa rencontre. Dans la lumière ténue d'un soupirail apparait Julie, sa partenaire et meilleure amie. Il lui sourit.

— Alors, où as-tu trainé ta carcasse cette nuit ?

Charlie soupire. Ses espoirs de rejoindre rapidement son lit s'estompent à mesure que l'impatience de Julie grandit.

— Une nouvelle victime. Identique en tout point aux cinq précédentes.

— Six victimes en six jours.

Les deux collègues empruntent la sortie piétonne et montent les escaliers. Ils ne parlent pas, trop perturbés par ce tueur qui hante les rues depuis une semaine. Charlie s'essouffle, ses jambes refusent de le porter. Au premier palier, il s'appuie au mur et s'arrête un instant, le cœur palpitant, les poumons en feu. Inquiète, Julie le regarde avec plus d'attention et remarque ses cernes profonds, ses joues trop rouges.

— Ça va aller ?

— Ouais, ouais…

Il aimerait la rassurer avec des mots plus convaincants, mais il se concentre pour vaincre le malaise qui le guette. Un voile noir insidieux tente d'obscurcir sa vision. Il lutte, s'accroche à la respiration régulière de Julie. Peu à peu, les battements frénétiques de sa poitrine se calment. La crise est passée et il se sent effectivement mieux. Il n'aspire plus qu'à rejoindre son lit pour dormir avant que la chaleur n'empêche tout repos.

— Faut vraiment que je pionce…

Elle acquiesce. Sous l'air soucieux de Julie, Charlie se traine vers son bureau. Le jour violent agresse ses yeux fatigués. Las, il réajuste mollement les cartons qui couvrent les fenêtres. Le soleil ignore ses rideaux de fortunes et se glisse par chaque fente en raies de lumières incandescentes. Les vitres sont brûlantes. Une lourde odeur de goudron empuantit l'atmosphère. Aucun nuage depuis des semaines, pas une goutte de pluie. Charlie s'assied sur le canapé étroit. Il attrape un verre sur sa table et en boit goulument le contenu. L'eau est tiède, dégueulasse. Il se recouche. La planète se consume lentement et l'été s'éternise. La civilisation se délite… Des fous tuent en toute impunité. Combien de femmes périront encore ? Les visages défilent dans ses rêves perturbés. Qui sera la prochaine ?

Il dort par intermittences, entre cauchemar et inconscience. La climatisation éteinte et les ventilateurs inertes le narguent… toujours pas d'électricité aujourd'hui. Il se relève, dégoulinant. Sa chemise colle contre son dos, translucide. Il s'essuie et se rallonge. Qu'ils les rallument bon dieu ! Une température pareille ne peut être supportée. Le sommeil le fuit. Il n'a dormi que quelques heures. Des bruits assourdis proviennent de la salle principale. Les autres non plus ne dorment pas.

Comme un zombie, il sort de la pièce, encore habillé. Inutile de se changer, il maculerait sa chemise propre en seulement quelques minutes. Max et Julie regardent les photos du dernier crime. Charlie s'appuie contre le mur et jette un œil par la fenêtre, détournant son regard du grand tableau qui résume les éléments de l'enquête. La luminosité est insoutenable. La grande ville silencieuse souffre en silence sous les assauts incessants du soleil de midi.

— On doit le choper ce soir…

Ils opinent. Mais tous ignorent le moyen de prévoir où il frappera. Depuis trois jours, ils possèdent la liste des femmes répondant aux critères du tueur en série. Leurs maigres effectifs ne leur permettent pas de garantir la sécurité de toutes ces victimes potentielles. Certaines ont quitté la ville ou ont rejoint des parents, mais combien restent encore seules, proies faciles pour le couteau qui les achèvera cette nuit.

Les heures s'étirent sans aucune nouvelle information. L'autopsie ne révèle rien. La nuit tombe. Il tuera bientôt. Soudain, le téléphone sonne. Charlie répond immédiatement et peu à peu, son visage s'éclaire. Il raccroche et se tourne vers ses collègues :

— Le labo a trouvé une empreinte ! On a une adresse !

Les policiers se précipitent vers les voitures. Il est vingt-trois heures. L'espoir fou de sauver la prochaine victime perle dans les esprits. Ils arrivent devant un immeuble calme de la proche banlieue. Aucune lumière au deuxième étage où habite Simon

Girard, un étudiant de psychologie arrêté l'année précédente pour détention de stupéfiants.

Ils montent les escaliers en formation, armés, inquiets. Ils frappent. Personne ne leur ouvre. Après une dernière sommation, ils défoncent la porte. Une odeur de renfermé les assaille. Le sol et les murs du minuscule studio sont recouverts de photos de femmes nues, sanglantes, ses six victimes détaillées dans les plus macabres détails. Ici et là, des livres aux couvertures ésotériques cornées trainent avec des reliquats de repas et des emballages de gâteaux vides.

Partout, la même phrase répétée d'une écriture torturée au marqueur noir, sur les meubles, la tapisserie : « Les maudites sacrifiées, l'enfer se refermera et la tourmente s'éteindra ».

Charlie brise le silence choqué, sans hésitation :

— Fouillez tout ! Il faut trouver qui sera sa septième victime !

Conscient du temps qui court contre eux, les policiers se pressent dans le local. Ils se gênent dans leurs mouvements, se marchent sur les pieds, s'asphyxient dans la poussière et l'odeur méphitique.

Stéphane tente de faire le tri dans les photos, frémissant devant l'intimité bafouée sans considération. Certains portraits présentent les visages souriants de ces femmes, quelques jours avant les faits, encore ignorantes de leur sombre futur. Les vivantes mélangées aux mortes. Sang, parc, voitures, balcon, gorge tranchée, pentacle de sang, couteau cérémoniel. Les traits déformés de peur des défuntes rendent difficile toute identification et il peine à faire correspondre les photos. Vie et mort, si fragile barrière. Il perd du temps, s'énerve. Ses mains deviennent moites. Les photos lui échappent des mains, s'éparpillent sur le plancher.

— Celle-là n'est pas encore morte.

Julie prend la photo sur le haut de la pile et la regarde plus en détail. Stéphane lève des yeux ronds vers elle, étonné.

— Elle fait des ménages dans mon immeuble. Je l'ai croisée ce matin à l'épicerie.

Personne n'hésite et tous abandonnent la perquisition en l'état. Ils tiennent la seule piste valable depuis le début de l'enquête. Sur le chemin, ils se renseignent sur Jeanne Mercier et trouvent sans mal l'adresse de cette femme sans histoire de quarante et un ans. La nuit recouvre de son linceul le pavillon silencieux. Les policiers envahissent la demeure. Une faible lueur danse derrière des rideaux. Ils entendent des murmures étouffés.

Sur un ordre muet de Charlie, ils interviennent. Un cri inhumain les stupéfie autant que la scène irréelle qui s'offre à leurs yeux. Au centre de la pièce, un homme habillé de noir, coiffé d'un haut de forme se tient à genoux, une femme totalement nue serrée dans ses bras frêles. La tête révulsée en arrière, il psalmodie des phrases incompréhensibles dans une langue insane aux sonorités qu'une gorge humaine ne peut produire. Autour de lui, des bougies noires brûlent d'une flamme bleutée.

La pauvre femme se tord de douleur, il ne la lâche pas malgré les convulsions terribles qui la parcourent. Elle se cabre et pousse à nouveau un hurlement. Des policiers tombent à genoux, terrifiés par l'immonde cérémonie. Certains reculent, déblatérant des prières désespérées pour repousser les forces qui œuvrent ici. Charlie, tremblant, lève son arme et la pointe vers l'officiant. Son doigt hésite un instant sur la gâchette alors que l'homme, revenu de sa transe, le transperce d'un regard noir sans pupille. Il crache des mots pleins d'une arrogance sans faille :

— Il est trop tard…

La balle part. Comme si toutes les règles qui régissaient ce monde se disloquaient, le temps ralentit soudain et l'homme éclate d'un rire sans joie. Il sort un couteau de sa poche, un kriss aux circonvolutions complexes et, sans que quiconque puisse intervenir, il tranche la gorge de la femme. Un sifflement s'échappe de la poitrine sans vie qui s'affaisse vidée de toute sa substance. Les policiers assistent impuissants au meurtre sordide. Le sang s'écoule et suit un tracé sinueux entre les bougies, retraçant un pentacle parfait. Alors que les fluides se rejoignent pour former la figure démoniaque, tout s'accélère et le temps reprend ses droits. La balle finit sa trajectoire et touche en plein cœur l'assassin. Ce dernier fixe Charlie, heureux. Avant de tomber, il murmure une dernière phrase, d'une voix apaisée.

— Vous me remercierez…

Et il s'effondre, pantin inarticulé sans vie.

Le sol se met à trembler, des bougeoirs tombent, roulent et enflamment les vêtements de l'homme enlacé dans la mort avec la femme. Une flamme bleue dévore le sang, avide, aussi rapidement que s'il s'agissait d'essence.

En un instant, l'étrange scène se consume. Puis tout s'éteint et il ne reste plus rien qu'un peu de poussière, une lame étincelante et des bougeoirs noircis. Un éclair attire l'attention des policiers vers l'extérieur : un orage vient d'éclater et la pluie tombe enfin, offrande inespérée à la terre desséchée.

Ombres et Lumières

Sept heures du soir sonnaient au clocher de l'église. La chaleur étouffante de l'après-midi stagnait toujours sur le village. Sous l'abri des pins de la place principale, un groupe d'hommes âgés se reposait sur les bancs de bois. Plus loin, des enfants, sous la surveillance relâchée de leurs mères assemblées, se démenaient sur un toboggan et une balançoire. Quelques tables, sorties devant le bistrot, accueillaient des hommes affalés devant des pintes généreuses.

Tous discutaient des mêmes faits. Depuis plusieurs jours, la télévision ne parlait que d'une chose, ressassant en boucle de maigres informations à propos des disparitions alarmantes de plusieurs femmes dans la région. Les policiers ignoraient pour le moment tout du coupable et chacun possédait sa théorie.

Quand il déboucha sur la place par le nord, toutes les discussions stoppèrent net et les regards se figèrent sur l'inconnu. Les yeux inquisiteurs détaillèrent sa tenue négligée, ses bottes maculées de boue, son sac à dos rebondi. Personne ne le connaissait ici. Les mines s'assombrirent, inquiètes, alors que lui, indifférent ou distrait, continuait sa route.

Ses pas l'amenèrent à passer à proximité des anciens. Il leur adressa un signe de tête discret, mais poli. On lui répondit par un grognement antipathique tout en l'observant sans aucune retenue. C'était un homme jeune au visage plutôt bien fait

malgré un rasage datant de plusieurs jours et des cernes prononcés. Ses cheveux, sales, coupés très court, s'égaillaient en
pics désordonnés. Il portait un treillis et une chemise militaire
ayant connu de meilleurs jours.

Il arriva finalement sur la terrasse. Il se débarrassa de son
sac avec un plaisir manifeste et s'assit sur une chaise métallique dans un silence pesant, brisé par intermittences par le
son étouffé de la télévision. Il étendit ses longues jambes et
attendit, les yeux mi-clos.

Pour arriver à pied, il ne pouvait venir que du chemin de
grande randonnée, sans quoi quelqu'un l'aurait aperçu sur la
route. Mais les promeneurs ne s'arrêtaient pas dans le village,
détour inutile entre deux étapes plus attrayantes. La mairie
possédait un gîte communal bien sûr mais les clés en étaient
perdues depuis des années. Les étrangers n'avaient aucune
raison de venir ici.

Un enfant cria de joie. L'homme sursauta. En rouvrant les
yeux, il sembla s'apercevoir pour la première fois de l'attention
particulière que tous lui portaient. Gêné, il choisit d'ignorer
les regards méfiants en ouvrant son sac. Il sortit plusieurs
plastiques renfermant des affaires. Les curieux épiaient chacun de ses mouvements. Il sortit finalement un petit roman de
poche, puis rangea avec soin chaque plastique dans un ordre
précis. Il se plongea ensuite dans sa lecture.

Le soleil faiblissait sur l'horizon et les ombres des arbres
s'agrandissaient peu à peu. Afin de profiter des derniers rayons
et de leur luminosité, il tourna sa chaise dans un grincement
retentissant. Quelques rideaux bougèrent imperceptiblement
et des silhouettes apparurent à certaines fenêtres.

La place se vidait, chacun rentrant chez soi en cette fin de journée. Les enfants ne jouaient plus, seuls quelques hommes s'attardaient ici et là, ne faiblissant pas dans leur observation.

Finalement, une femme d'âge mûr sortit du bistrot et s'approcha de l'homme. Elle portait une robe fleurie aux couleurs criardes. La coupe mal choisie, trop ajustée, la serrait et ses formes généreuses débordaient. Elle s'adressa à l'homme d'une voix rauque, ne cherchant même pas à cacher son animosité :

— Que veut Monsieur ?

L'homme releva la tête de sa lecture, une lueur d'incompréhension sur son visage.

— Un thé glacé s'il vous plait, balbutia-t-il, vous servez à manger ?

— Non. Plus aussi tard.

Coupant court à la discussion, elle retourna derrière son comptoir, préparant la commande devant le regard réprobateur des deux derniers clients. Elle échangea quelques mots avec eux. L'inconnu sentait la sueur, il devait errer depuis plusieurs jours dans la forêt. La peur céda la place à la suspicion et l'un d'eux se leva, portable à la main, pour disparaître au fond de la salle.

La femme ressortit, un verre sur un plateau. Elle déposa la boisson sur la petite table, devant l'inconnu, dans un claquement sec :

— Trois euros, lui dit-elle brusquement.

L'homme hésitait, une question sur les lèvres, mais devant l'air revêche de la tenancière, il abandonna. Elle se tenait, droite, devant lui, attendant impatiemment qu'il retrouve son porte-monnaie. Stressé par la situation, ses mains tremblaient légèrement et la monnaie lui échappa. Dans un tintement sinistre, la pièce roula sur le goudron.

— Excusez ma maladresse, marmonna-t-il tout en se penchant pour ramasser sa pièce.

La femme enfourna la somme et laissa l'inconnu, désormais seul sur la terrasse. La lumière, trop ténue maintenant, l'empêchait de lire. Il joua un moment avec les glaçons, les forçant à fondre dans la mixture tiède. Le client, revenu de l'arrière salle, entretint à voix basse la patronne avec des airs de conspirateurs.

Les minutes s'égrenèrent. L'église sonna les sept heures et demie. De gros oiseaux noirâtres, effarouchés par le tintamarre, s'envolèrent en piaillant. Puis le silence revint, uniquement troublé par le cliquettement de l'agitateur en plastique contre le verre. Au loin, le bruit de plusieurs moteurs s'amplifia jusqu'à ce que trois voitures de police débouchent sur la place, encadrant la terrasse. L'homme, paniqué, se tenait désormais debout. La chaise qu'il occupait gisait derrière lui, renversée.

Des policiers surgirent des véhicules, armes au poing. L'un d'eux, prudemment camouflé derrière sa portière, l'apostropha :

— Mains en l'air !

L'inconnu obtempéra. Il tremblait.

— Que me reprochez-vous ? Je n'ai rien fait ! cria-t-il d'une voix virant aux aigus.

Les policiers s'approchèrent et le menottèrent devant le regard satisfait de la tenancière et de ses deux clients. On ouvrit son sac sans ménagement pour le rangement minutieux, éparpillant son contenu.

— Chef, regardez ! dit l'un des hommes en extirpant un porte-clés en forme de peluche de chien.

Les yeux du responsable brillèrent devant cet élément de preuve accablant :

— Impeccable. On remballe tout et on l'embarque au poste.

Quelques instants plus tard, les policiers disparurent, emmenant avec eux l'inconnu. Les clients saluèrent la tenancière, rentrant chez eux avec l'impression du devoir accompli et le village retrouva sa tranquillité…

***

Dans une chambre d'hôtel anonyme, un homme se trouvait assis en tailleur devant la télévision, son visage éclairé par l'intermittence des images. Ses yeux vides regardaient le présentateur exalté informer les téléspectateurs de l'interpellation du principal suspect dans l'affaire des disparitions.

— Mathias Kuller, un homme d'une trentaine d'années, a été interpellé hier soir dans le village de Pagny grâce à la vigilance de ses habitants. L'homme avait quitté son domicile familial deux semaines plus tôt d'après son épouse.

Une femme en pleurs remplaça alors la voix très professionnelle :

— Je… je ne comprends pas comment il a pu faire …. CA. Lui qui est toujours si … calme si … réfléchi ! Il m'a juste dit vouloir se ressourcer dans la nature… il fait ça si souvent !

Le présentateur reprit la parole, commentant les faits avec flegme :

— L'enquête préliminaire a prouvé que Kuller possédait le porte-clés de la première victime. Il nie pour le moment toute implication dans l'affaire, mais les policiers auraient trouvé des preuves de sa présence sur les lieux de l'enlèvement mardi dernier. Nous…

La télévision se tut, le silence tomba sur l'obscurité de la pièce. Par la fenêtre, la lune blafarde donnait des allures fanto-matiques à l'homme prostré à terre qui se balançait doucement d'avant en arrière.

Il attendait depuis des jours.

Les policiers allaient venir.

Il finirait en prison.

Les choses devaient se passer ainsi.

C'était ainsi.

Aucun remords.

Il aimait tuer.

Sentir la toute-puissance de ce moment.

Le pouvoir ultime de décision.

Il ne regrettait rien.

Rien !

Cette sensation surpassait tout…

Mais….

Mais tout avait été gâché !!

Cet imbécile de promeneur !!

Que faire ?

Il suffisait d'arrêter.

Reprendre une vie normale.

Personne ne saurait jamais.

Et échapper à la punition ?

Non…

Il la méritait.

Il devait être puni.

Une rédemption pour son âme.

Avant de recommencer.

Encore et encore.

Se livrer ?

À moins que ce ne soit un signe.
Une chance de recommencer dès maintenant.
Que faire ?

Enquête

Un taxi jaune se gare. En sort un grand homme mince habillé d'un manteau noir au visage dissimulé par un chapeau aux larges bords. Il se trouve sur une grande artère, les lampadaires éclairent comme en plein jour la froide nuit d'hiver.

Il marche quelques pas et s'engage dans une ruelle sombre. L'homme s'avance avec prudence ; pratiquement à chaque pas, il vérifie à droite et à gauche que personne ne l'observe. Il sonde chaque zone d'ombre, vérifie chaque entrée d'immeuble. Les rares passants ne le remarquent pas et continuent leur route comme s'il se comportait normalement.

Quelque part, un chien aboie joyeusement.

Un clochard occupe le porche d'un ancien vidéoclub. L'homme s'arrête. Parfois, ces rebuts de la société en voient plus qu'ils ne devraient et, avec un peu de chance, il se trouvait là également le fameux soir. Il s'approche de lui et engage automatiquement la conversation.

— Eh toi !

— Je n'ai rien à vous dire…

Le clochard met fin à la discussion. L'homme retente sa chance :

— Eh toi !

— Je n'ai rien à vous dire…

Non, décidemment, le clochard n'a pas beaucoup de dialogue et ne sert qu'au décor sous son amas de couvertures puantes.

L'homme continue son investigation. Deux fois déjà qu'il parcourt la ruelle sans rien remarquer d'anormal ou d'intéressant. Il a bien dû louper quelque chose… quelque part.

Le chien s'est tu et ne lui parviennent plus que des lapements et des craquements. L'animal doit se repaître de quelques restes récupérés d'une poubelle éventrée. Il se retourne, rien. Bizarre qu'il l'ait raté.

Cul de sac. Mur infranchissable. Il essaie à plusieurs reprises de sauter par-dessus et retombe mollement à terre. Impossible de continuer, l'enquête ne peut se poursuivre par ici…

Des jours qu'il n'avance pas. Tout en retournant vers l'artère principale, il ressasse les derniers événements : une prostituée disparue, un milliardaire impliqué, la discothèque du Gros Tony réduite en cendres. Quelle histoire ! Et pas une seule malheureuse preuve pour relier les faits.

Il appelle un taxi. Quelques secondes plus tard, le véhicule jaune vient se garer devant lui.

— C'est pour aller où ?

Plusieurs choix s'offrent à lui. Il hésite. Retourner au commissariat voir si ses collaborateurs suivent de meilleures pistes. Descendre à la morgue pour étudier les corps calcinés des victimes de l'incendie. Interroger une nouvelle fois le mac d'Eva. Se rendre dans la riche demeure du trouble Monsieur Bennet – s'il peut, rentrer car la dernière fois des gardes du corps empêchaient tout accès.

Déjà fait et refait ! Il tourne en rond.

Le chauffeur de taxi attend et ne manifeste aucune impatience.

Une échelle planquée derrière un arbre permettant de rentrer chez Bennet et de surprendre une conversation clé. Comment n'a-t-il pas remarqué cette piste évidente la première fois !

— 401, Park Avenue.

Le « petit » pied à terre de cinq cents mètres carrés avec jardin de cette crapule de Bennet ! Le chauffeur acquiesce et démarre.

Le trajet ne prend que quelques instants. Le taxi s'immobilise, l'homme paie la course et descend face à un magnifique immeuble des années cinquante. Les vigiles se trouvent toujours derrière la grille, exactement comme la dernière fois.

Il remonte le mur à la recherche de l'allée qui lui permettrait d'accéder à l'arrière de la propriété. La voilà. Il se rappelle avoir déjà visité cet endroit mais n'avoir pas vu d'échelle. Il faut dire que les concepteurs de la ville ont été avares en lampadaires et il progresse dans la quasi-obscurité.

À son deuxième passage, il détecte enfin l'objet. Lestement, il s'agrippe aux barreaux et monte.

Une voix féminine le surprend et il manque de rater sa réception. Un peu plus et il se foulait une cheville.

— Salut Jeannette !... oui… je peux te rappeler plus tard, nous allons passer à table ?... oui… Oui bien sûr. À tout à l'heure alors. Bisous à Hector…

Le silence revient. Le jardin semble désert. Lors de sa première visite plus officielle, il n'a pas remarqué de chiens, il guette cependant tout bruit suspect.

Une odeur de lasagnes réveille son estomac… Il meurt de faim, n'ayant rien eu le temps d'avaler aujourd'hui, trop absorbé par son enquête. Son ventre gargouille. Ça serait le comble de se faire attraper à cause de ça !

Une large fenêtre au rez-de-chaussée l'attire comme un papillon vers la lumière. Des voix d'hommes en proviennent. Il reconnaît l'une d'elles, rauque et autoritaire, Bennet sans nul doute.

Le rideau, mal tiré, permet de voir toute la scène à l'intérieur. Le milliardaire discute avec deux hommes de forte carrure…

— Où vous en êtes ?

— Tout est réglé, patron. Elle se taira. Jo s'en occupe.

— Impeccable.

Bennet se retourne pour prendre un verre. Il reste un instant silencieux, fixant les flammes de la cheminée. Les deux gorilles sont mal à l'aise et se dandinent sur leurs pieds.

— J'ai un autre boulot pour vous. Une fouine qui va avoir un accident. James Anton, un putain de flic qui me colle aux basques…

L'homme tressaille en entendant son nom, une branche craque sous son pied. Les trois hommes se retournent et l'aperçoivent en contre-jour.

— Tuez-le !!

Bennet rugit son ordre et les deux hommes de mains se précipitent vers la fenêtre. L'homme court pour sauver sa vie. Il ne s'attendait pas à ce revers et ignore comment sortir d'ici. Il n'a pas pensé à changer l'échelle de côté et les grilles sont gardées.

La fenêtre se brise. Le choc sourd de deux pieds qui atterrissent sur la terre molle.

Il court. Les arbres défilent tels des traits indistincts.

Ses poursuivants le rattrapent. Ils connaissent le terrain et la peur d'échouer les motive. Une balle siffle à son oreille, ils cherchent à l'abattre comme un chien, un vulgaire animal…

Il faut…

***

— Alexandre, à table !!

Un gros chien plein de poils déboule dans la chambre. Le petit garçon sursaute. Nooooonn !

— Attends Maman, je sors du parc de Bennet et j'arrive.

Ce foutu Caramel l'empêche d'accéder au clavier…

— Non, les lasagnes n'attendront pas, mon chéri.

Elle surgit dans la chambre alors qu'Alexandre tente désespérément de faire grimper un mur à son personnage. Ce dernier est touché à l'épaule. L'écran se colore de rouge. Il va perdre connaissance. Alexandre veut gagner cette partie. C'est trop tard. Les deux hommes de Bennet regardent le corps du héros déchu d'un air mauvais :

— Le patron sera content.

L'ordinateur gratte un instant puis un message s'affiche : « Vous avez échoué. Voulez-vous recommencer ? »

— Maman, tu m'as tué !

— Allons, allons mon chéri, tu revivras demain, ce n'est qu'un jeu.

— J'allais m'échapper et en me dépêchant je pouvais sauver Eva !

— Alexandre, ça suffit !

Le petit garçon baisse la tête. « Qu'un jeu »… les adultes ne comprennent pas… Quand il sera grand, il pourra jouer autant qu'il voudra aux jeux vidéo, sa maman ne l'en empêchera plus. C'est quand même plus drôle de tuer des méchants que d'aller à l'école…

Lyse

Marc se tenait derrière sur son bureau, au cinquième étage de la grande tour de verre. La tête appuyée sur sa main, il regardait par la fenêtre le soleil levant se refléter sur les surfaces uniformes des immeubles voisins. Il rêvait. De nombreux dossiers requéraient son attention, mais il ne réussissait pas à se concentrer.

Il essayait d'imaginer la sensation de la chaleur de ce beau matin d'été sur sa peau nue. Il ne se souvenait plus. Il ne sortait pas souvent la journée et encore moins en manches courtes. Il ne prenait jamais de vacances, l'Administration passait en premier.

Marc croyait dur comme fer aux idéaux du régime. Le gouvernement apportait des solutions pragmatiques aux problèmes de surpopulation, de famine, de guerre. Dans ce gratte-ciel, pivot du monde moderne, les rapports défilaient et les décisions influaient sur la vie de milliards d'individus. Pour lui, ça ne représentait jamais que des chiffres, présentés en jolis graphiques colorés.

Les frontières effacées, un gouvernement unifié, les ressources distribuées équitablement. Marc souriait en repensant à toutes ces victoires. Quelques récalcitrants criaient encore leur indépendance, égoïstes se cachant sous le prétexte de l'identité. Il y avait toujours des mécontents, quoiqu'on fasse.

On les ignorait en retour, tant pis pour eux.

La lumière trop vive lui brûlait les yeux. Il enfonça un interrupteur dissimulé sous son bureau et des rideaux occultants descendirent silencieusement. Il les ferma entièrement. Son reflet se précisait sur la vitre, visage émacié au teint pâle et aux larges cernes. Il ne dormait pas beaucoup. Il se sentait vieux. Ses yeux marron gisaient dans leurs orbites, vides de toute émotion. Il frissonna. Son grand-père, sur son lit de mort, paraissait plus vivant.

Il se leva, raide. Sur sa gauche, une affiche présentait sa raison de vivre depuis trente ans, tache sombre sur la tapisserie claire. Marc n'allumait pas la lumière pour déchiffrer les grosses lettres scandant le message. Il ne connaissait que trop chaque détail. Il soupira en enfilant sa veste.

« Offrez un nouveau monde à vos enfants ! »

Quelle phrase cruelle ! Les publicistes n'hésitaient pas à jouer sur l'affectif des parents pour les convaincre d'accepter l'inenvisageable. Lentement, il ferma les boutons, d'un geste sec, nerveux.

Il n'existait pas d'autres issues. C'était inévitable. Les campagnes de réduction de la natalité ne pouvaient tout résoudre, surtout que les effets ne se répercuteraient pas avant une génération, soit cent bonnes années. Il fallait désengorger la planète avant qu'elle ne s'épuise. N'importe quel gamin de maternelle savait ça. Marc se sentait responsable. Quelqu'un aurait bien pensé, un jour ou l'autre, à cette solution, mais seul lui avait osé la proposer et la mettre en œuvre.

En prenant sa mallette, il se rappelait les premières réunions de réflexion. Ses collègues inventaient des idées plus abracadabrantes les unes que les autres. Depuis le début, Marc savait pertinemment où tout cela les mènerait. Il riait jaune en repensant à son entrain de l'époque. Encore jeune agent, il voyait en ce projet des perspectives de promotion, un brillant avenir de fonctionnaire. Oh oui, il avait obtenu la direction de ce projet majeur ! Mais qu'il regrettait son innocence perdue ! Il sortit dans la lumière crue du couloir vide. La plaque dorée sur sa porte mentionnait son titre pompeux « Marc Greene, Directeur de l'expansion spatiale ». Dans six heures, les premiers vaisseaux quitteraient les chantiers vers Gliese 581 c, située à vingt virgule cinq années-lumière de la Terre.

Il marchait rapidement dans le silence, ses pas assourdis par l'épaisse moquette. Une part de lui se réjouissait, soulagée d'avoir su mener à terme cette entreprise alors que l'autre craignait tellement pour le futur de ces innocents. La foule accordait un soutien inattendu à cette aventure. Les volontaires affluaient. Ces derniers, adulés, devenaient de vrais héros, beaux et souriants, avant de s'engouffrer dans leurs tombeaux. Tous les médias retransmettaient leurs portraits et les journaux s'arrachaient leurs adieux.

Quels idiots ! Ils ignoraient totalement l'envers du décor, la triste incertitude qui entourait cette expédition. Les scientifiques se refusaient à garantir l'habitabilité de la planète, les ingénieurs craignaient l'usure des pièces mécaniques et les psychologues prévoyaient un suicide collectif à moyen terme.

Marc entra dans la cage transparente de l'ascenseur qui se mit à descendre.

Heureusement, les communications deviendraient rapidement impossibles. Tant que le vaisseau sortait sans encombre du système solaire, on trouverait toujours de pauvres bougres à catapulter dans l'espace. Sur quel critère décider qui devait se sacrifier pour le plus grand nombre ? Des tests, physiques et mentaux, garantissaient une certaine adéquation du sujet aux contraintes futures. Peu osaient imaginer l'ampleur des difficultés que les équipages rencontreraient.

Son chauffeur l'attendait devant l'entrée, parfait dans sa livrée sombre. Il lui tenait la portière.

— Bonjour, Monsieur

Marc le salua d'un bref signe de tête et s'inséra dans le véhicule aux larges sièges de cuir. Il recevrait les félicitations. L'effet escompté était atteint, des milliers de personnes quittaient la Terre. Couplés aux millions envoyés dans les stations orbitales ou sur la Lune, la surpopulation reculait. Le dernier recensement comptabilisait dix milliards d'individus seulement, un chiffre acceptable par rapport aux quinze milliards du XXIème siècle.

— À la base !

— Bien, Monsieur.

Cinquante vaisseaux avec à son bord chacun deux milles individus, une petite ville éradiquée patiemment, année après année. Car Marc en était arrivé à considérer ces charters comme une exécution. Il ne lisait plus les rapports alarmants sur les faibles chances de réussites. Les maisons défilaient à travers les vitres fumées. Il se sentait spectateur de cette vie extérieure, si détaché, si lointain. Il croisa le regard d'une jeune femme, portrait disproportionné placardé sur la façade d'un building.

Lyse adorée !

Il ne pleurait pas, ses yeux fatigués ne savaient plus comment faire. Sa fille, son bébé. Pourquoi s'opposait-elle si farouchement à lui et à tout ce qu'il représentait, y compris l'ordre nouveau apporté par l'Administration ? Elle abattait un à un tous les espoirs de son père, refusant tout argent de sa part, toute aide quelle qu'elle soit. Ils ne se parlaient plus.

Pourtant il l'aimait. Si fort. Si mal. Il refusait la perspective de la perdre. Poussant la provocation au maximum, Lyse partait aujourd'hui parmi les premiers volontaires.

Quel idiot, il n'avait rien vu venir ! Il aurait pu la déclarer inapte, un simple coup de téléphone à passer. Quand il l'avait appris, il était trop tard. Elle annonçait déjà son départ sur les ondes, clamant son envie de liberté pour ses enfants. Coincé !

La voiture filait sur l'autoroute. Au loin, se découpant sur le ciel azur, de grands bâtiments brillaient. Ils arrivaient. Le Président craignait qu'il ne craque. Mais il tenait bon. S'il écartait Lyse, on se poserait des questions sur la viabilité de cette expédition. Inenvisageable ! Alors, il montrait une impassibilité théâtrale sur son visage, camouflant sa détresse.

Oh Lyse ! Elle était si jolie dans sa robe bleue.

Ils s'engagèrent entre deux guérites. Plusieurs hommes armés gardaient l'accès ultra-protégé au centre spatial de New Hope. Marc ne supportait plus ce nom affligeant. Voilà un moment qu'il n'espérait plus rien. Ils s'arrêtèrent à peine, les gardes connaissaient la voiture, et se garèrent sur le parking, à l'intérieur. Dans la salle ronde du bâtiment principal, des écrans géants montraient le chantier avec en arrière-plan l'infini des étoiles. Les vaisseaux, construits directement dans l'espace, paraissaient énormes à côté des fines silhouettes des techniciens, s'affairant aux ultimes réglages sur les coques immaculées.

— La dernière navette vient de rallier le point d'embarquement.

— L'équipage est au complet.

— Vingt-trois volontaires manquent à l'appel, est-ce qu'on contacte des personnes sur la liste d'attente ?

Oubliant son trouble, Marc refoula ses sentiments, se protégeant derrière la carapace d'impassibilité qui avait fait fuir sa femme quinze ans plus tôt. Ici, il oubliait ses doutes et endossait toutes les responsabilités, appréciant cette impression grisante que tout reposait sur ses épaules. Les décisions lui venaient, facilement, naturellement.

— Nous ne retarderons pas le départ. Tant pis pour eux.

L'ultimatum approchait, inéluctable. Bientôt, dix milles personnes partiraient en exil. La plupart des chaînes du réseau retransmettaient l'événement et toutes les caméras se tournaient actuellement vers le Président qui clamait ses vœux aux voyageurs. Marc aurait dû se trouver à ses côtés, mais il avait insisté pour demeurer loin de l'aire d'envol. Loin de la tentation. Il résistait à la panique depuis trop de mois pour céder au dernier instant. Le Président comprenait, il n'avait pas insisté.

— On lance le compte à rebours ! Deux minutes avant le lancement !

— L'Exodus est paré !

— Ok pour le Prométhée.

— Phoenix et Entreprise opérationnels.

Aucune avarie ne permettait de retarder l'envol. D'une voix sans timbre, il signifia le départ :

— Allumage des moteurs !

Sur sa console, les voyants passaient tous au vert. Parfait. Il ouvrit un duplex avec les dix capitaines sur le grand écran principal.

— Bon voyage, messieurs !

Ils acquiescèrent, concentrés. L'écran reprit une vue générale du chantier.

— 6… 5… 4… 3… 2… 1… 0…

Tous les vaisseaux s'ébranlèrent alors, comme reliés par un fil invisible. Magnifiques oiseaux de métal s'élançant dans l'espace sans hésitation. Ils accélérèrent et tous regardèrent, interdits, les énormes bâtiments blancs devenir de simples points se confondant avec les étoiles. Des hourras retentirent dans la salle, les gens se levaient, se congratulaient bruyamment. Étonné, Marc regarda les airs ravis de ses collègues.

Lui ne ressentait aucune joie, juste un immense vide.

Le visage autrefois heureux de sa fille le hantait.

Il sentait son cœur se déchirer dans sa poitrine oppressée. Il se leva, haletant et se précipita vers son bureau. Elle allait vivre le restant de sa vie, enfermée dans une boîte de métal. Et il n'avait rien fait… L'air lui manquait et le monde tournait autour de lui. Une brûlante douleur le plia en deux et il s'affala avant d'atteindre son fauteuil.

Sa vision se brouillait. Il ne sentait plus rien. Il partait aussi… loin de la Terre.

— Oh, Lyse, je viens vers toi…

Borvo

Malgré les encouragements vifs de sa jeune conductrice, la Twingo bleu canard refusait catégoriquement de rouler plus vite. Alice avait tellement hâte d'arriver ! Son premier travail de la saison comme guide à la forteresse médiévale de Château-Haut !

— Plus vite !

Elle était prête, autant qu'on peut l'être en tout cas avec seulement trois jours pour se préparer. Elle n'avait pas eu le temps de passer à la médiathèque. Ni de finir la lecture des différents articles téléchargés sur Internet. Encore moins d'aller quérir des conseils auprès de sa meilleure amie, plus expérimentée. Mais elle serait là à l'heure, sur son trente-et-un avec tout l'enthousiasme candide que peut apporter une débutante motivée.

Le paysage défilait aussi vite que les kilomètres au compteur. Un panneau indiqua « Château-Haut – 13 kms ». Elle y était presque.

Elle laissait derrière elle chat, parents et grand-frère et s'expatriait ici bien loin de sa Lorraine natale. Ils allaient lui manquer. Mais ce n'était que pour la période estivale, six mois, et elle rentrerait. Quel drôle de métier ! Hivernant pendant le froid pour repartir dès que le printemps pointait son nez. Sur le siège passager, le portable vibra, avançant par soubresauts vers une obscure destination. « Maman » s'affichait en gros sur l'écran.

— Oui ? Maman ? Écoute je suis au volant là … Ça a super bien roulé, y'avait personne sur la route…. Oui… Oui, oui… Je te rappelle plus tard, ok ? Super… Oui, moi aussi je t'aime. Embrasse Papa. Ah et oublie pas chaton ce soir s'il te plait ! C'est ça… bisous !

La conversation terminée, le portable ré-atterrit sur le siège passager. Une petite ride d'inquiétude se forma sur le front de la jeune fille alors que la Twingo ralentissait imperceptiblement. Sa mère était trop protectrice. À peine six heures depuis son départ et déjà elle s'en faisait. Faudra qu'elle la rassure ce soir, quand elle serait installée et qu'elle aurait vu le monument. Alice accéléra, le soir commençait à tomber et elle avait une forteresse à trouver.

Le château avait fière allure sur sa butte d'herbe, impressionnant avec ses trois grosses tours dominant la route de toute leur hauteur. La voiture rangée sur le bas-côté pour pouvoir profiter de chaque détail, la jeune femme s'arracha à sa contemplation pour appeler la responsable du monument :

— Oui, bonjour. C'est Alice Davenport… Oui, très bien merci. Je suis devant le château là… D'accord, je vous attends… À tout de suite.

Une dizaine de minutes plus tard, une grosse voiture grise se garait devant la Twingo. Alice, alors appuyée contre sa voiture, s'avança pour saluer l'arrivante, sa nouvelle patronne. La vitre s'abaissa et Alice discerna le visage d'une femme d'âge mûr, les traits secs, tirés, presque hautains. Son regard détailla durement Alice, son air de petite poupée adorable, ses longs cheveux blond doré, ses yeux bleus transparents puis, à priori satisfaite de son observation, la gratifia d'un sourire :

— Bienvenue.

— Merci...

— Suivez-moi, je vais vous emmener à votre logis. Nous aurons tout loisir de reparler du château demain matin.

Sans laisser le temps à Alice de répondre, la femme remonta la vitre. Alice n'eut pas d'autre choix que de regagner prestement son véhicule et de suivre la berline grise qui déjà s'éloignait du site.

La route sinuait à travers la forêt. La nuit était presque tombée et seuls les phares permettaient d'entrapercevoir le paysage en taches de lumières successives. À quelques kilomètres de la ville, sa guide quitta la départementale pour s'engager dans une allée de traverse en terre battue. Encadrant de près l'étroit chemin, de grands arbres bloquaient toute perspective, se succédant, tous identiques dans la pénombre, rendant difficile l'évaluation de la distance parcourue.

Soudain, le chemin s'élargit, remplacé par une clairière où trônait en son centre une petite maison basse d'un seul étage, croulant sous le lierre. Les deux voitures se garèrent côte à côte devant l'entrée de la maisonnette. La femme sortit, grande et fine silhouette décharnée sous la lumière rasante des phares. Frissonnante, Alice quitta à regret l'environnement chaud et sécurisé de sa voiture pour rejoindre la femme.

Cette dernière, penchée sur la serrure, tentait de faire jouer les clefs dans le mécanisme grippé de la porte. Un claquement sec l'avertit du succès.

— Deux autres jeunes filles vous rejoindront dans quelques jours. D'ici là, j'espère que vous ne vous sentirez pas trop seule dans cette maison. Les lits sont faits, choisissez celui que vous voulez. Soyez là à 9 h demain matin au château. Bonne soirée.

— Merci. Bonne soirée à vous aussi…

La femme lui tendit les clefs et s'éclipsa sans autre commentaire. Le ronronnement du moteur s'atténua jusqu'à ce que le silence reprenne ses droits. Douchée par cet étrange accueil, Alice resta un instant sur le seuil de sa nouvelle demeure, les clefs dans une main, le regard perdu dans le noir, là où la berline avait disparu. Un craquement venant des arbres voisins la fit sursauter. Vraiment pas une heure à rester dehors !

Elle retourna à sa voiture, s'empara de ses deux valises puis, ayant verrouillé les portières, retourna vers la maisonnette. L'intérieur était humide et sentait le renfermé, de ces odeurs dont les maisons se parfument lorsqu'elles sont peu utilisées.

Allumant toutes les lumières, Alice fit le tour du propriétaire : un salon, une minuscule cuisine, trois chambres et une salle de bain. Les meubles, quoique de bonne qualité dans l'ensemble, étaient anciens et disparates. Après avoir essayé tous les lits, elle choisit celui qui lui paraissait le plus moelleux et commença à ranger ses affaires. Contrairement à ce qu'elle avait craint de prime abord, la maison était plutôt propre malgré l'âge et les draps et les serviettes sentaient bon.

Du bois avait été empilé à côté de la cheminée du salon. Supposant, à défaut d'avis contraire, que c'était pour son utilisation personnelle, la jeune fille s'était empressée d'allumer un feu de bois sitôt son installation terminée. Déjà, le feu crépitait, embaumant d'une odeur de résine le vieil intérieur.

— Mince ! Maman !

Alice jeta un œil à son portable. Déjà 20 h… Elle devait paniquer. Comment cela se fait-il que…

— Oh non…

La réponse à sa question fut immédiate : pas de réseau. La maison était tellement perdue au milieu des bois que même les ondes GSM ne connaissaient pas ce lieu. Alice regarda dehors par la fenêtre ronde : la lune éclairait faiblement les premiers arbres de la forêt, gris sous la lumière blafarde.

— Ce n'est vraiment pas une bonne idée de se promener dans une forêt inconnue, le soir, seule. Mais en même temps, qu'en pensera Maman si je ne l'appelle pas ?

Toujours perdue dans la contemplation des flammes de son foyer, Alice réfléchissait, les petites rides froncées entre ses deux sourcils.

— Peut-être que je ne suis pas obligée d'aller bien loin pour capter…

Deux fois de suite, Alice se leva jusqu'à la porte.

Deux fois de suite, elle hésita, dansant d'un pied sur l'autre.

Deux fois de suite, elle retourna finalement sur le canapé, face au feu.

Balançant entre sa peur du noir et la volonté de rassurer sa mère, elle ne savait que faire.

— Je suis ridicule…

Sa voix dans le silence la fit sursauter. Quelle trouillarde ! Elle rit de sa bêtise et jeta un dernier coup d'œil par la fenêtre. La lune était toujours là, rassurante lumière éclairant la clairière. Elle saurait guider ses pas.

Profitant de ce regain de confiance, Alice alla vers la porte sans laisser au doute le temps de revenir : elle sortit. La nuit était fraiche après le salon surchauffé par le feu de bois. Resserrant son pull autour d'elle, elle regretta immédiatement son manteau. Mais si elle rentrait maintenant, elle ne ressortirait plus. La lune éclairait beaucoup moins la clairière qu'il n'y paraissait de l'intérieur. Les arbres projetaient vers elle leurs ombres fantomatiques, bougeant doucement au gré du vent comme des bras voulant la saisir et l'entrainer dans les sous-bois.

Ignorant ce que sa prudence lui criait de faire, elle fit le tour de la maison puis, ayant peut-être un début de réseau, commença à s'en éloigner. Tout en marchant rapidement, elle composa son SMS:

— Tout va bien maman. Je t'appelle demain matin. Bisous.

Le message était prêt mais le portable ne recevait toujours aucun signal. L'orée du bois l'arrêta net, la perspective de quitter la zone éclairée l'inquiétait. L'envie de retourner à l'abri se disputait avec l'espoir qu'il suffirait peut-être de quelques mètres pour capter assez de réseau. Tant qu'elle restait en vue de la maison, elle ne se perdrait pas.

Elle s'enfonça dans les sous-bois à pas prudents, les yeux rivés sur l'écran de son portable, guettant les barres du réseau. Trottinement, chuintement, reniflement, la forêt grouillait d'activité nocturne, chœur de bruits ténus amplifiés par la nuit et la solitude. Alice n'en continua pas moins d'avancer. Le murmure joyeux d'un cours d'eau timide vint à sa rencontre, réconfort inattendu d'un bruit connu en ces lieux hostiles. La fraicheur de l'eau vive irradiait à travers les arbres quand soudain le téléphone bipa et gratifia les efforts d'Alice d'un tant attendu «Message envoyé».

Sans faire attention au spectacle onirique d'une fontaine dans son lit de mousse que lui offrait un bref éclat de lune, Alice tourna les talons et fit demi-tour. La maison paraissait si éloignée, baignant dans son aura blafarde. Elle hâta le pas. Elle trébucha plusieurs fois, butant dans les racines, les larmes lui montaient aux yeux. Les branches des arbres accrochaient de leurs doigts crochus ses cheveux défaits.

Elle courait maintenant, fuite éperdue pour parcourir ces ultimes mètres la séparant de la lumière protectrice. Toute la forêt l'épiait : regards malins sur son dos, picotement dans la nuque, rire moqueur et malsain du cours d'eau.

C'est alors qu'elle l'aperçut, visage d'ange au milieu de l'enfer, blancheur de marbre aux yeux noirs qui la dévisageait depuis les profondeurs du bois. Immobile, serein, magnifique, irréel. Leurs regards se croisèrent, fugace instant de compréhension. Ella cligna des yeux, il avait disparu.

La maison lui tendait les bras, l'appelant comme un phare de lumière au milieu de la nuit. La porte était restée ouverte projetant un rai de lumière dorée jusqu'à la voiture. Elle s'engouffra dans l'entrebâillement, agrippée à la porte qu'elle claqua fermement derrière elle, preuve de la réalité de ce rempart contre l'obscurité. Ses mains tremblantes s'emparèrent des clefs et elle s'enferma à double tour. Enfin à l'abri, elle s'écroula le dos à la porte, pantelante.

De longues minutes durant, sa raison vacilla, incapable d'assimiler tous les détails de sa fuite éperdue. Rêve, cauchemar ou illusion ? Le vent sifflait à travers la cheminée, faisant danser les flammes, s'infiltrant jusque sous la porte d'entrée en un courant d'air insidieux. Dehors, le temps s'était gâté, la lune n'éclairait plus la clairière, sans doute cachée par les nuages et le crépitement de la pluie commença à marteler le toit de la maisonnette.

Son corps finit de la ramener à la réalité : ses mains écorchées l'élançaient et elle avait froid et faim. Guérie de sa stupeur par ces aspects triviaux, elle décida de commencer par une bonne douche remettant à plus tard le souci du repas.

L'eau coulant sur son corps nu chassa ses dernières frayeurs nocturnes. Elle n'aurait qu'à retourner voir demain matin, à la lumière du jour, pour démystifier toute cette histoire. Ce n'était sûrement qu'une image forgée par son esprit effrayé, un jeu de lumière dans les feuilles des arbres, rien d'autre.

Aucun homme mortel ne pouvait avoir un visage aussi parfait.

La toilette terminée, chaudement emmitouflée, Alice eut la joie de découvrir une collection de paquets de pâtes, sagement alignés dans un des placards de la cuisine. Cette soirée étrange s'arrangeait finalement bien. Dehors, la tempête faisait rage. Parfois, la lune réapparaissait subrepticement, dévoilant les arbres malmenés par le vent à travers le rideau de la pluie.

Finalement ce fut rassérénée et le ventre plein que la jeune fille se mit au lit ce soir-là. Elle s'endormit rapidement, bercée par le bruit de la pluie sur les tuiles. Quand elle rouvrit les yeux, la pâle lumière du matin la trompa. Il était déjà tard, plus que l'heure de se mettre en route pour cette première journée de travail !

Son aventure de la veille ne ressemblait plus qu'à un rêve. Un merveilleux rêve ! L'avait-elle-même réellement vécu ? Elle se jura de n'en parler à personne, pas même à sa mère, ce serait son petit secret coupable.

Un petit déjeuner vite envoyé avec le reste de pâtes, une toilette de chat et elle courait à sa voiture. La clairière était devenue une étendue boueuse et pendant un moment, Alice craignit de ne pas pouvoir repartir. Rechignant à agripper quoi que ce soit, les pneus tournaient dans le vide, patinant sur la mélasse du terrain totalement détrempé. D'un coup, la voiture bondit en avant et s'échappa.

Tout juste à l'heure, Alice arriva enfin au château. La grosse berline était déjà garée. Remontant son manteau au-dessus de la tête pour se protéger, elle courut vers la voiture, la femme ne s'y trouvait pas et ne semblait être nulle part à portée de vue. Soudain, elle aperçut quelqu'un en haut de la butte, près des murailles, statue en grand imperméable gris battant au vent. Semblant la reconnaître, Alice soupira et se mit à escalader à contrecœur le terre-plein pour la rejoindre, achevant définitivement de se tremper et de ruiner ses chaussures et le bas de son pantalon. Alors qu'elle arrivait à sa hauteur, la femme tourna la tête vers elle et lui sourit :

— Bonjour !

— Bonjour. Je n'ai pas pris le temps de me présenter hier soir, je suis Jeanne Desilles.

— Enchantée.

La pluie ne semblait pas gêner Madame Desilles bien que le couvert offert par les murs soit pratiquement inexistant. Elle ne cillait pas, imperturbable, alors que l'eau s'écoulait lentement sur son visage de marbre. Alice, par contre, se tortillait, essayant de se protéger au mieux avec son manteau détrempé.

— Les dieux sont fâchés aujourd'hui... Suivez-moi.

Avec une grâce étrange, la femme se dirigea vers l'entrée, suivie par une Alice bien moins rassurée sur la pente glissante. Elles accédèrent aux salles aménagées qui, à défaut d'être encore chaudes, étaient au moins sèches.

Madame Desilles commença alors à expliquer avec une économie de détails l'histoire de la ville et de son château. Essayant de suivre, Alice notait rapidement les informations sur un petit calepin gondolé par la douche récente. La visite fut brève, riche d'informations à mémoriser pour la future guide qui se retrouva bien vite laissée à elle-même :

— J'ai à faire... Restez ici autant que vous le désirez.

Dans les salles chargées d'histoire, Alice se sentait à l'aise, presque chez elle. Le silence et la solennité du lieu l'amenèrent à repenser à son aventure nocturne. Elle soupira : jamais elle ne serait fixée avec certitude sur sa vision. Toute trace – si trace il y avait eu – serait définitivement effacée par les torrents d'eau... Après maintes tergiversations, elle arriva à la conclusion qu'il était préférable de tout simplement oublier cette étrange nuit. Son portable vibra alors :

— Ah maman !

Comme si les nuages s'accumulaient au-dessus de la ville, il n'y eut pas une journée de soleil pendant les deux premières semaines. Puis le beau temps reprit ses droits et la météo redevint clémente, invitation lancée aux touristes. Au final, la saison fut excellente.

Alice repartait le lendemain et finissait de boucler ses valises. Elle avait hâte de revoir ses parents même si le château allait lui manquer. Par la fenêtre de sa chambre, elle pouvait voir l'orée de la forêt. Avec un sourire, elle repensa à sa première nuit ici. Aujourd'hui, ce vieux rêve ne l'effrayait plus.

— Pourquoi pas ? C'est mon dernier soir ici...

Malgré tout, elle n'était jamais retournée dans les bois, s'arrangeant toujours pour appeler ses parents avant de rentrer. Cet excès de précautions lui paraissait tout à coup ridicule, la nuit ne tombait pas avant deux bonnes heures et depuis le temps, rien ne pouvait encore la guetter à travers les futaies.

Elle avança en droite ligne, cherchant un repère familier. Sous le soleil d'été de cette fin d'après-midi, Alice se demanda un bref instant s'il s'agissait bien des mêmes arbres qui lui avaient paru si menaçants. Le bruit ténu d'un ruisseau la rassura, elle se rappelait très bien s'en être approché. Se guidant au son, elle avançait avec précaution, la végétation beaucoup plus dense entravait sa progression de branches traîtresses et d'épines douloureuses.

Au détour d'un énième arbre, elle aperçut un endroit charmant : une fontaine, disparaissant sous sa gangue de mousse, déversait un flot abondant dans une vasque de pierre. Débordant de tous côtés, l'eau s'égayait en filets se rejoignant en contrebas pour former un ruisseau qui disparaissait entre les arbres. Elle ne se rappelait pas être allée aussi loin mais immédiatement, l'endroit lui plut et elle eut envie d'y demeurer quelques instants. Personne ne devait être venu ici depuis un moment, la vasque était remplie de feuilles et de boue. Elle commença alors à nettoyer le petit sanctuaire, utilisant sa main comme râteau de fortune pour sortir de pleines poignées de feuilles mortes décomposées. Elle essaya ensuite d'ôter les paquets de boue qui léchaient la fontaine, sans doute un reste des pluies diluviennes du début de l'été. Sa main heurta un petit objet dur, à moitié enfoncé dans le sol. Intriguée, elle l'extirpa pour l'observer.

Au creux de sa main se tenait une petite statuette de marbre blanc, représentant un homme au corps d'Apollon nu. Son visage sans défaut à la beauté fatale la regardait, sosie parfait d'un rêve oublié. Sur le piédestal, un nom gravé en lettres majuscules « Borvo ».

Un rire joyeux résonna à travers le silence de la forêt.

Réveil (suite de Borvo)

Pelotonnée sur sa banquette, Alice regardait le paysage défiler à travers les fenêtres poussiéreuses du train. Elle s'endormait, fatiguée de cette longue journée, pressée que ce voyage morose se termine. Son livre, abandonné à côté d'elle, était fini depuis un trop long moment et elle s'ennuyait.

Quel parcours du combattant ! Deux correspondances. Trois heures d'attente sur les quais. Huit heures enfermée dans des wagons. Avec, bien entendu, un changement de gare à Paris. S'ils respectaient l'horaire, dans une demi-heure, son calvaire prendrait fin et elle oublierait les ennuyeux transports pendant cinq mois.

Alice regrettait sa voiture… elle aimait pousser le véhicule jusqu'à ses limites sur la fin des trajets pour s'approcher de son but plus rapidement. Sa Twingo n'appréciait pas ce traitement et le moteur grondait. Le vent fouettait son visage par la vitre grande ouverte et elle filait, avalant les kilomètres. Tout semblait se dérouler plus vite. Mais là, malgré ses vaines exhortations, inutile d'espérer que le train accélère, il continuait sa route rectiligne, imperturbable, dans une régularité affligeante.

Et sa vieille compagne gisait dans son garage, à Nancy. Elle n'avait pas apprécié le rude hiver. Et surtout cette nuit mémorable où le thermomètre fou frisait les moins trente degrés.

Alice frissonnait encore en se rappelant ce froid polaire. Les chauffages peinaient à compenser l'écart de température et elle avait passé la nuit, grelottante sous une couette. Depuis, l'auto tombait en ruine, toutes les pièces se dégradaient et elle enchaînait avarie sur avarie. De toute façon, avec sa mère, bien trop protectrice, il était absolument inenvisageable qu'elle fasse un si long voyage dans cette épave.

Son téléphone sonna. Une femme leva la tête de son livre et lui lança un regard noir. Alice décrocha bien vite afin de faire taire la dérangeante sonnerie. Le plus bas possible, elle répondit :

— Oui ? Ah maman, coucou… non, le train n'arrive que dans vingt-minutes… non, non. 18 h 54. Oui, je t'appelle si je peux. Mais ne t'inquiète pas, tu te rappelles l'année dernière ? Oui, c'est ça… Bisous…

Elle raccrocha en soupirant. Sa mère paniquait à chaque fois qu'elle quittait le logis familial. Malgré toutes ces tentatives pour la rassurer, elle imaginait toujours le pire. Ses craintes faisaient dérailler le train, exploser les gares et tomber les météorites. Elle vivait très mal le choix de vie de sa fille. Pourtant Alice aimait son métier. Certes, elle préférerait trouver une place de guide touristique dans sa région et ne pas avoir à traverser la France chaque été. Cette année encore, les aléas des offres d'embauche l'emmenaient vers le Tarn.

— Castres. Dix minutes d'arrêt. Castres. Assurez-vous de ne rien avoir oublié dans le train…

Alice soupira. Enfin ! Elle se leva et s'étira de tout son long. Dehors, de petites lumières cassaient la monotonie du paysage et les maisons se pressaient sur les côtés. Le train ralentit imperceptiblement, puis, brusquement, il changea de voie sans ménagement pour ses passagers. Le wagon brinquebalant sur les aiguillages ne facilitait pas la tâche d'Alice. Cette dernière, accrochée au siège, se tenait sur la pointe des pieds, dans un équilibre précaire, tendue à l'extrême pour attraper sa valise, tombée au fond du porte-bagage.

— Vous permettez que je vous aide ?

Alice sursauta à ces paroles pourtant susurrées d'une voix chaude et amicale. Elle se retourna pour se retrouver nez-à-nez avec un charmant jeune homme. Il devait avoir une vingtaine d'années, comme elle, un visage avenant, de larges pommettes saillantes, de grands yeux noirs aux longs cils recourbés. Ses cheveux sombres en bataille et sa peau d'albâtre finissaient le tableau angélique de ce mystérieux inconnu.

Perturbée, elle balbutia :

— Avec plaisir…

Elle recula dans l'espace exigu de l'allée pour laisser la place au garçon. Sans difficulté, il s'empara de la poignée et descendit la valise de son perchoir.

— Et voilà. Je ne me suis pas présenté, je m'appelle Camille.

Alice sentait ses joues s'empourprer alors que l'Apollon la dévisageait. Elle se sentait si commune face à lui. Sa mère lui répétait qu'elle était adorable avec son air enfantin, ses cheveux blond doré et ses yeux bleus transparents. Elle n'y croyait guère, surtout après une journée passée dans un train.

— Et moi Alice.

Il sourit. Le train s'immobilisa et dehors, les haut-parleurs de la gare rappelaient que le train venait de s'arrêter à Castres.

— Tu descends ici ?

— Oui…

— Moi aussi. Me permets-tu de m'occuper de ta valise ?

— Si tu veux…

Elle ne ressentait aucune gêne envers le jeune homme et acceptait spontanément ses attentions, comme si elle le connaissait de longue date. Il manipulait avec habileté son lourd bagage et elle en profita pour le détailler. Il ne portait pas de vêtements colorés, juste une palette de gris et de noirs, et se dissimulait sous un large manteau de cuir foncé. Le col relevé se confondait avec ses cheveux, accentuant le blanc de sa peau. On devinait le bas d'un jean et le haut d'un pull à col-roulé. Il ne possédait aucun bagage et ne présentait pas le profil classique du touriste. Il habitait certainement la région. Elle ne se rappelait plus l'avoir aperçu monter dans le train mais elle ne prêtait pas une grande attention aux allers et venues lors du voyage.

Avec grâce, il sauta du train avec la valise. Il tendit la main en sa direction, immobile, irréel, se détachant sur le crépuscule du dehors. Une troublante sensation de déjà-vu la submergea. Elle se rappelait avec une netteté effroyable cette nuit terrible où elle s'était égarée dans les bois… Son esprit paniqué avait aperçu un visage parfait l'observant à travers les arbres… un visage ressemblant à la statuette du dieu Borvo trouvée quelques semaines plus tard… un visage ressemblant à celui de Camille.

L'air refusait d'accéder à ses poumons oppressés, elle le dévisageait, bouleversée, interdite. Le jeune homme se pencha un peu plus vers elle et une légère ride se forma sur son front lisse. Un sourire rassurant éclaira ses traits, créant deux fossettes au coin de sa bouche. La ressemblance s'estompait. Elle secoua la tête, énervée par sa bêtise, et se saisit de la main sans hésiter.

Le soleil disparaissait derrière le grand dôme couvrant les voies et les lumières artificielles coloraient les lieux d'un jaune sale. Les relents douceâtres d'une chaude après-midi s'exhalaient du goudron du quai et des pierres du bâtiment principal.

Le sifflet strident du contrôleur résonna dans l'air. L'alerte de fermeture des portes lui répondit, désagréable.

— Quelqu'un t'attend ?

— Euh… normalement oui.

— Tu es en vacances ?

— Pas exactement.

Il espérait une réponse plus complète mais ne manifesta pas son impatience. Comme s'il ne doutait pas un instant que la suite arriverait. Et elle ne le déçut pas :

— L'office de tourisme m'a engagé pour cet été… Christophe, le responsable, devait venir me chercher.

Mais sur les quais, comme dans le hall, personne n'attendait.

— A priori, ils t'ont oubliée.

— Super…

Tout en marmonnant quelques paroles inintelligibles, Alice sortit son portable et chercha son correspondant dans une longue liste d'appels entrants.

— Je peux t'emmener, si tu le désires. Le temps de récupérer ma voiture…

Alice remercia d'un sourire sous prince charmant.

— Allo, Christophe ? Ici Alice. Oui, je viens d'arriver à la gare de Castres… ah…non, non… c'était bien aujourd'hui. Ne t'en fais pas. Oui… Je vais m'arranger, ne te dérange pas… Oui, je t'assure… À tout à l'heure.

Alice reporta son attention sur le garçon qui patientait, immobile. Son visage sans défaut ne trahissait aucune émotion.

— Je crains en effet de devoir abuser un peu plus de ta galanterie… Christophe a confondu les jours et pensait que je n'arrivais que demain…

— Aucun souci, j'habite juste là-bas. Tu m'attends ici ?

Elle acquiesça.

Alors que le garçon disparaissait dans une ruelle d'un pas rapide, Alice se sentit soudain inquiète. Quelle inconscience d'accepter de monter dans la voiture d'un parfait inconnu ! Sur le moment, cette décision lui paraissait naturelle, maintenant elle en craignait les conséquences. Ce garçon dissimulait certainement ses réelles intentions sous ce masque de gentillesse. La ville lui apparut sous un jour plus menaçant. La douce quiétude du début de soirée devint l'angoissant silence de la solitude. Elle recula vers le hall rassurant dans sa normalité, à la façon d'un papillon attiré par la lumière, traînant son bagage derrière elle dans le grondement des roulettes grippées. La porte salvatrice se refermait à peine qu'un nouveau courant d'air la fit se retourner. Camille se tenait dans l'entrée, souriant. Tous ses doutes s'éclipsèrent.

— J'avais un peu froid…

Il ne critiqua pas son excuse pitoyable, se contentant d'emporter la valise vers son cabriolet Mercédès qui se tenait dans la tache blafarde du réverbère. Elle le suivit, sereine.

Ils roulaient sur le ruban sombre de la route, à travers la nuit noire. Les phares puissants éclairaient par intermittence les bas-côtés, révélant de brefs aperçus du paysage endormi.

Alice ne disait rien et Camille n'engagea pas la discussion. L'aiguille du compteur de vitesse plafonnait dans la partie droite, Camille connaissait la région et il se dirigea sans hésiter vers le centre-ville.

Une seule voiture, au plafonnier allumé, se trouvait sur le parking désert, une vieille Renault 19. Camille se gara à côté de l'antique véhicule. La portière conducteur s'ouvrit, révélant un homme plutôt banal. La trentaine, il portait une grosse barbe brune qui dissimulait sa bouche et remontait jusqu'à ses cheveux, attachés en queue de cheval. Il portait une tenue pratique, de randonnée, pantalon de treillis, chemise kaki, chaussures de marche.

Alice sortit, allant à sa rencontre.

— Bonsoir ! Alice je présume ? J'suis Christophe comme tu le devines ! Vraiment désolé ! Un couple d'Allemands a débarqué et je les ai emmenés faire un tour. J'avais oublié que tu arrivais ce soir.

Il lui fit la bise avec entrain puis, avisant son ténébreux compagnon, il se renfrogna quelque peu.

— Merci.

— Ce fut un plaisir.

— Allez, on y va Alice. Ma mère nous attend. Elle est enchantée de te recevoir.

Alice acquiesça et se retourna vers Camille. Ce dernier n'occupait déjà plus son siège et s'activait à transférer la valise d'Alice. Alice le regardait faire, se dandinant d'un pied sur l'autre, gênée. Elle ignorait quoi dire à cet inconnu qu'elle appréciait un peu trop.

— Merci pour la ballade… peut-être à bientôt, tu sais où me trouver !

— Je n'y manquerai pas.

Il hésita lui aussi un très bref instant sur l'attitude à adopter.

Il recula pourtant sans autre signe d'affection, ni un mot, ni un regard, avant de disparaître dans son véhicule et de repartir.

— On y va ?

Alice sortit de sa torpeur et s'installa sur le siège passager qui grinça sous l'effort. Le moteur rugit et elle sursauta, surprise par le vacarme après la Mercédès feutrée. À l'arrière, du matériel de camping occupait le coffre et empiétait sur les banquettes défoncées. À ses pieds, un gros sac rebondi occupait l'espace, l'empêchant de s'asseoir correctement.

— Désolé, j'entasse tout un tas de foutoirs dans cette bagnole… c'est pas loin. Alors, ce voyage ?

— Fatiguant…

— J'imagine. Combien, six, sept heures de trajet ?

— Huit ! Sans compter les escales forcées aux correspondances…

— Et c'était qui, ce type ?

— J'en sais rien, un gars rencontré dans le train.

— Hum…

Il s'abstint de tout commentaire. Après quelques kilomètres chaotiques, ils s'introduisirent dans la courette d'une ferme. Une petite femme les attendait sur le perron.

— Christophe ! Alice ! Venez les enfants !

— Je te présente ma mère !

À la lueur des phrases, la ressemblance ne laissait aucune place au doute. Elle était plus menue et certes imberbe ! Mais elle avait les mêmes cheveux bruns et les yeux noirs que son fils. Elle portait un tablier fleuri sur une robe simple, dans les tons bleus. Avec un petit rire, Christophe stoppa le moteur et s'extirpa de son siège. Il récupéra la valise, pestant contre son poids et entra.

Alice se détendit, immédiatement à l'aise dans l'ambiance chaude et propre du salon. Les meubles en bois, vieillots, rutilaient, entretenus avec soin. Les senteurs se mêlaient, entre cire, fleurs et nourriture. Le chuintement de casseroles sur le feu provenait d'une pièce attenante, la cuisine certainement. La table, dressée pour le diner, se parait d'un énorme bouquet d'œillets.

— Porte donc la valise d'Alice à l'étage !

— Ben tiens…

Christophe disparut en peinant dans le couloir. Ses pas lourds résonnèrent sur les marches de bois.

— Ça va ma petite, tu as l'air toute pâlotte ?

— Je suis juste fatiguée, Madame… Un long voyage.

— Une bonne soupe et au dodo ! Christophe te montrera ta chambre. Je t'ai mis des serviettes sur le panier à linge.

— Merci.

Après un interminable repas s'éternisant en papotages inutiles, Alice réussit enfin à s'éclipser. La coquette chambre sentait la lavande et elle s'écroula sur le lit, exténuée. Avant qu'elle ne s'endorme tout à fait, elle se releva, fouillant dans sa valise à la recherche d'un pyjama. Lorsqu'elle déplia le pantalon, un petit objet blanchâtre tomba, rebondissant sur la couette. Elle reconnut immédiatement la statuette du dieu Borvo et frémit. Elle ne se rappelait pas avoir emmené ce témoin embarrassant de sa terreur passée. Elle ouvrit un tiroir et y enfouit l'objet, empêchant le visage impassible de la dévisager et de lui rappeler les traits trop parfaits du beau Camille…

Les jours passaient, l'été s'installait, Camille ne réapparaissait pas. Par la fenêtre en face de son comptoir, elle regardait avec espoir les voitures défiler, espérant apercevoir un jour la

Mercédès. Plusieurs fois, son cœur s'affola quand des voitures similaires s'arrêtèrent mais les passagers se révélaient des plus ordinaires. Lassée, elle se résigna à l'oublier, devenant un joli rêve, un songe pour occuper ses moments d'ennuis.

L'absence de voiture ne se révéla pas être un souci. La mère de Christophe dénicha un vélo dans la grange et le prêta avec joie à Alice qui pouvait ainsi aller et venir à sa guise. Christophe aimait tant parcourir sa région que, plusieurs soirs par semaine, il partait explorer de nouveaux recoins jusqu'à la nuit tombée. Alice l'accompagnait toujours avec joie, appréciant l'étrange contrée, ses pierres branlantes et ses légendes. Elle préférait, entre toutes, cette histoire intrigante autour d'un curieux rocher nommé « Le roc de l'Oie ». Ce pauvre animal pétrifié, couvant pour l'éternité son œuf, puni pour un simple retard par un maître inique, ce génie des temps anciens, qui voulait que l'animal rentre avant l'aube.

Tous les mardis, son jour de repos, elle se rendait dans la forêt, avec un pique-nique et un livre et rendait visite à l'Oie. Aujourd'hui, c'était la dernière fois, la saison touristique se terminait et elle rentrait chez elle. Ce soir, l'équinoxe d'automne marquerait la fin officielle de l'été. Elle goûtait doublement à cette ultime promenade, flânant plus que de coutume sur le chemin familier.

L'Oie l'attendait, figée dans sa pose éternelle. Elle la salua, flattant l'aile dure de l'animal. La pierre, chauffée par le pâle soleil, semblait tiède sous la main, comme si une étincelle de l'animal subsistait sous cette gangue de granit. Comme à son habitude, elle s'installa sur l'un des gros cailloux de la base et se plongea dans sa lecture.

Elle se tenait blottie contre la pierre tiède quand elle se

réveilla. Des bourrasques gelées s'enroulaient autour d'elle, la léchant malgré son abri. Encore ensommeillée, elle ouvrit les yeux et hurla alors qu'elle ne discernait rien.

Terrifiée, elle bondit sur ses pieds pour fuir. Elle fit quelques pas au hasard. Sa tête bourdonnait, elle tituba telle une ivrogne, s'emmêlant les pieds et s'affala lourdement à terre en contrebas du rocher.

Elle tremblait et ne comprenait pas ce qu'il se passait. Pourtant, peu à peu, de vagues formes émergèrent de l'uniformité à mesure que sa vision s'adaptait à l'obscurité. Elle sortit en tremblant son portable de sa poche. La faible lumière agressa ses yeux tout en la rassurant. Elle cligna plusieurs fois avant de réussir à déchiffrer l'heure improbable qui s'affichait sur l'écran : 23 h 52. Invraisemblable. Impensable. Le temps ne pouvait se dérouler aussi vite.

De grosses masses nuageuses masquaient la lune par intermittences et seules quelques étoiles accompagnaient la dame blanche. Cette dernière penchait son regard sur Alice, la transperçant de ses orbites vides, sa bouche rieuse déformée en un rictus moqueur.

Alice tenta un instant de raisonner pragmatiquement. Elle n'était pas aveugle, elle avait juste dormi un peu trop longtemps. Elle connaissait parfaitement le chemin du retour et elle ne craignait pas l'obscurité outre mesure. Il lui suffisait de ne pas paniquer, elle ne se perdrait pas et elle rentrerait chez Christophe. Saine et sauve.

La terre trembla, interrompant ses raisonnements. Les bourrasques s'intensifièrent, soulevant du sable et des feuilles autour d'Alice. Les arbres gémirent, quelques animaux dérangés dans leur chasse nocturne galopèrent pour s'enfuir.

Luttant contre les éléments qui la malmenaient, Alice tentait de se redresser mais elle retombait, vaincue.

Un instant, les nuages s'éclaircirent et un rayon de lune se refléta sur la pierre. L'Oie apparut dans toute sa splendeur, si proche, immobile et sereine, plus réelle que jamais, ainsi parée de son linceul immaculé.

Alice se rapprocha, tâtonnant dans le noir, se fiant à cette dernière apparition.

Soudain, le vent cessa. La nature silencieuse attendait. Et elle hurla pour la seconde fois. Sa main venait de toucher l'aile, non pas rêche comme le granit, mais veloutée comme la plume. Le cou de l'animal se détendit brusquement et se tourna vers elle. Alice se recroquevilla alors que l'animal criait son désarroi aux éléments, piaillements gutturaux, dissonants.

Le tonnerre éclata et un éclair zébra le ciel.

Il arriva alors, comme glissant sur le chemin, silhouette à peine discernable. Il ignora totalement Alice, fixant l'animal. Le cri se transforma en plainte, pleurs tragiques communiquant une terreur indescriptible. L'homme psalmodiait des mots secs dans une langue qu'Alice ne comprenait pas, ignorant les suppliques. Il parlait de plus en plus vite, de plus en plus fort, la tête rejetée en arrière, les bras écartés.

L'animal s'ébroua, frémissant, le cou tendu à la verticale et resta un instant dans cette position improbable, luttant. Le combat trop inégal ne dura pas et il s'affaissa finalement. Les cris diminuèrent, assourdis, lointains. Jusqu'à disparaître. L'animal retrouva sa position de statue et se figea.

Les imprécations de l'homme continuèrent un moment, l'Oie ne bronchait plus. Certain de sa victoire, il se tut et tourna la tête vers Alice qui gisait, prostrée, sous le piédestal de l'Oie.

Elle le regarda et dans la lumière ténue d'un bref rayon de lune, il lui sembla reconnaître Camille... ou Borvo.

Elle sombra dans l'inconscience.

Lorsqu'elle revint à elle, elle se trouvait confortablement installée dans le lit moelleux de sa chambre, chez Christophe. Ce dernier était assis à son chevet, la tête appuyée contre le mur. Il attendait, anxieux.

— Alice ? Ça va ?

— Euh…je crois...

— Comment ?

— J'allais te poser la même question… Quelqu'un a sonné et tu te trouvais étendue devant la porte.

— Je ne me rappelle pas.

— Dors, jolie Alice, dors…

Et elle s'endormit en se rappelant une phrase, lue quelques semaines plus tôt sur un site Internet dédié au département du Tarn.

Il est dit que lors des équinoxes,
par nuit de grand autan et de pleine lune,
on entend frémir l'oiseau pétrifié...

Désert de glace

Au milieu de l'immense étendue glacée surgirent quelques maisons de bois regroupées autour d'une église, dernier bastion de la civilisation en ces terres balayées par les tempêtes. Grelottante dans sa doudoune, Victoria arrêta ses chiens épuisés sous le couvert du porche de pierre. Ses mains gelées et ses tremblements rendaient ses mouvements maladroits.

Elle se jeta contre le portail de bois comme si sa vie en dépendait et ses mains engourdies s'acharnèrent frénétiquement sur l'antique serrure de métal qui céda en un cliquetis salvateur. La douce chaleur de l'intérieur frappa Victoria et elle se liquéfia littéralement. Ses bras tombèrent le long de son corps meurtri. Le vent, profitant de son trouble, emporta le battant qui claqua dans un grand bruit sec contre le mur. Ne rencontrant plus d'obstacle, il sifflait insidieusement, couvrant le tapis de l'entrée d'un mince linceul neigeux. Des papiers s'envolèrent de la table, près du bénitier. Paniquée par ce sacrilège, la jeune femme banda ses ultimes forces pour tenter de refermer le sanctuaire, mais les rafales lui opposaient une résistance farouche.

Tout lui parut soudain plus facile et elle tomba vers l'avant contre la porte, la bise cessa et l'intolérable luminosité de l'extérieur disparut. Étonnée, Victoria se redressa pour découvrir un homme, derrière elle qui venait de l'aider. Il se découpait en contre-jour sur la lumière des cierges qui brûlaient dans une chapelle attenante et elle discernait mal ses traits. Elle nota par contre immédiatement sa tenue traditionnelle, la noire soutane et son crucifix de bois. Il semblait sourire.

— Bbbonjour, balbutia-t-elle.

— Sois la bienvenue.

Sa voix chaude résonnait comme une bénédiction après ces jours de solitude. Toutes ses craintes à présent envolées en ce lieu sacré, une fatigue sans nom la submergea, souvenir des épreuves passées. Elle chancela et le prêtre la soutint d'une poigne forte.

— Viens par ici, mon enfant.

Il la guida vers le fond de l'édifice, l'aidant à marcher. Victoria apercevait comme dans un rêve les statues souriantes éclairées par les flammes vacillantes des offrandes. Quelques formes avachies sur les bancs l'observaient, dissimulées dans les masses de tissus les protégeant de la froideur. Elle s'endormit à l'instant où le prêtre l'installait sur une surface moelleuse. Un lit? Quel bonheur…

Le père Guillaume l'observait dans son sommeil, son visage encore jeune marqué de ridules d'inquiétude. Les femmes le trouvaient plutôt bel homme, bien que sa peau bronzée détonnât au milieu de cet hiver perpétuel.

Pour une raison inconnue, il se sentit proche de cette inconnue. Elle marmonnait des phrases étranges et inarticulées et la peur troublait souvent la sérénité de son repos. Le Père Guillaume priait pour elle. Dans ses poches, ses papiers indiquaient qu'elle s'appelait Victoria Laroche, citoyenne française. Aucun autre indice ne permettait de deviner le pourquoi de sa présence sur ces terres inhospitalières.

Le docteur passa la voir, il ne décela nulle fièvre et conseilla de la laisser dormir. Les trappeurs du village accueillirent les chiens sans enthousiasme : encore de nouvelles bouches à nourrir !

Une étrange luminosité de jour sans fin régnait sur le village enfoui sous la neige qui ne s'arrêtait pas de tomber. La jeune fille ne se réveillait pas et son corps dépérissait. Le père Guillaume la nourrissait de soupe qu'il déposait goutte à goutte sur ses lèvres gercées, mais elle s'étranglait et n'avalait pas grand-chose. Le médecin ne comprenait pas cette apathie et prévoyait une expédition vers l'hôpital dès que les conditions météorologiques le permettraient.

Neuf jours après son arrivée, un dimanche matin, une tempête s'abattit sur le village et força tous les villageois à se rassembler dans l'église, le seul bâtiment de pierre de la commune. Ils écoutaient le sermon du père Guillaume quand un cri terrifiant provint de la sacristie. Victoria déboucha, échevelée et à moitié nue. Elle s'affala au pied du prêtre, s'agrippant à la robe ecclésiastique et emporta dans sa chute un livre de prières.

— Aidez-moi !

Les villageois effrayés eurent un mouvement de recul, plusieurs se signèrent en marmonnant des paroles de protection et certains se seraient bien enfuis s'ils le pouvaient. L'église gémit sous les assauts du vent et Victoria se recroquevilla un peu plus, acculée contre le maître-hôtel. Impassible, le prêtre s'agenouilla devant elle et lui releva le menton d'un geste affectueux.

— Raconte-nous tout, jeune fille.

Victoria pleurait en gros hoquets. La terreur déformait ses

traits enfantins et les larmes s'écoulaient sur ses joues trop blanches. Elle dévisagea son auditoire muet, s'arrêtant sur chacun des visages qui la fixaient. Ils avaient peur d'elle.

— Oui…

Le rouge lui monta alors aux joues quand elle s'aperçut de sa tenue indécente et elle baissa les yeux, gênée. Le prêtre sortit d'un buffet une grande cape avec laquelle elle se drapa.

— Venez, l'invita le père Guillaume en l'aidant à se relever.

Ils retournèrent dans la sacristie. Victoria s'assit sur le lit et s'enroula dans une grosse couverture brune tandis que plusieurs personnes curieuses les rejoignaient.

— Vous me croirez certainement folle.

— Sois sans crainte, je t'écoute.

Victoria commença alors son histoire, d'une voix cristalline et claire.

Je m'appelle Victoria Laroche, je suis ethnobiologiste… Je m'intéresse aux sociétés prospérant dans des régions du monde où la nature se montre impitoyable. Mon projet d'étude m'a emmenée auprès des peuples du désert subtropical d'Afrique, du Ténéré des Touaregs aux steppes du pays Dogon. J'ai passé de longues années d'observation en leur compagnie, m'imprégnant de leurs us et coutumes atypiques. J'imagine que vous concevez difficilement un monde où l'eau est la denrée la plus rare et la plus enviable, où l'homme qui découvre un puits devient riche. Pourtant, il existe…

Après mon retour en France et la validation de ma thèse, je ne désirais pas encore accepter une chaire à l'Université. Je préférais approfondir mes connaissances ; après la chaleur étouffante, le froid glacial m'attirait !

Je me rapprochai d'un collègue spécialiste de l'Arctique et ne fus pas déçue. Je retrouvais dans ses récits mes expériences africaines : deux mondes désertiques aux conditions climatiques extrêmes.

Sur ses conseils, l'année suivante, je partis avec une expédition norvégienne à bord d'un brise-glace pour rejoindre une tribu d'Inuits. Tout se passait bien puis, un soir, la tribu nous demanda de partir. L'un de nous avait sans doute vu ou fait quelque chose qu'il ne fallait pas… Ils ne nous donnèrent pas de détails, deux heures plus tard nous embarquions dans notre bateau.

Au bout de neuf jours, l'enfer commença…

La même nuit, deux collègues décédèrent de causes inconnues. Le lendemain, après de multiples avaries, le bateau resta bloqué dans les glaces et il nous fallut utiliser les traineaux. Sur la banquise, je maudissais la neige et la bise et regrettais les vastes plaines arides et le sable chaud. La chaleur vivace de ces souvenirs me permit de tenir dans l'un des plus grands déserts du monde.

Nous ne manquions pas d'eau, ah ça non ! Mais nos estomacs gargouillaient, quémandant de la nourriture solide. Nos rations diminuaient et le désespoir faucha deux de mes compagnons la nuit suivante. Seuls six d'entre nous sur les dix initiaux atteignirent l'avant-poste inhabité, après quarante-huit heures d'errance.

Nous étions épuisés et gelés. Le bloc électrogène ne fonctionnait plus ; alors, les hommes cassèrent des tables et des chaises et bientôt nous nous réchauffâmes. Le cassoulet en boîte ne me parut jamais aussi bon que ce soir-là. Une carte indiquait notre position et une lueur d'espoir tinta, lors de cette dernière soirée. Nous espérions rejoindre votre village et la civilisation.

Pourtant, au réveil, l'horreur commença. Deux morts se rajoutaient à la liste morbide, décédés durant leur sommeil, les traits distendus par la terreur. Leurs mains, crochetées sur leur couchage, étaient si serrées que nous les enterrâmes ainsi. Il s'agissait du professeur Haaheim et de son assistante, Mademoiselle Hustvedt. Personne ne pipa mot ce matin-là et nous pliâmes bagages, pressés de quitter cet endroit maudit.

En marchant, je m'empêchais d'imaginer la raison d'une telle peur, m'astreignant à compter mes pas lourds dans la neige collante.

Au bout de plusieurs heures, Aarset commença à délirer. Il psalmodiait des paroles incompréhensibles et, parfois, il s'arrêtait en hurlant et tombait à genoux dans la neige. Il ne nous écoutait plus et ne répondait à aucune de nos questions. Il nous obéissait comme un pantin désarticulé et nous le forcions à avancer malgré lui. Cela nous ralentissait, mais nous ne pouvions nous résoudre à l'abandonner. Hélas, il ne resta pas longtemps une charge car, vers midi, il se mit soudain à courir dans la tourmente et disparut avant que nous puissions réagir. Nous avons crié, errant à travers le brouillard, sans résultat, et nous nous sommes remis en marche, le cœur meurtri.

Peu à peu, Ingstad et Mehlum ont sombré dans la folie à leur tour. Ils couraient. Ils m'ont abandonnée. Je suis restée seule dans l'immensité polaire. Dans le vide. Les chiens aussi fuyaient, ils galopaient, tirant derrière eux le traîneau où je gisais. Sans force, je me suis laissé emporter. Ils ne cherchaient pas à me perdre, les fidèles animaux, mais à me sauver ! Ils m'amenaient à vous !

Victoria regardait droit devant elle, perdue dans ses pensées. Les regards inquiets se croisaient, quelqu'un se gratta la gorge. Les murs craquèrent dans le silence, le vent hurla… Il allait bien falloir dormir cette nuit… Mais se réveilleraient-ils ?

Crépuscule

Le bruit sourd de la musique parvenait, atténué, jusqu'à la terrasse où Jean fumait sa cigarette. Accoudé au rebord, il contemplait la ville, éclairée crument par la lumière blafarde de la pleine lune. Des nuages noirs la couvraient en partie, donnant à la dame blanche des allures de bal masqué.

Personne ne se souviendrait de cette fête comme ayant révolutionné le genre, mais au moins, les canapés s'en sortaient indemnes et personne ne gisait ivre mort sur la moquette. Un bilan plutôt positif au final. Une tête goguenarde passa par la porte-fenêtre entr'ouverte :

— Faut que tu l'aimes ta clope pour te les cailler par ce temps !

— Tu peux pas imaginer

— Tu nous aides à ranger ?

— Vite fait alors, j'avais pas vu l'heure, faut que je rentre.

— T'exagères, il est même pas encore 15 h !

— Justement…

Il écrasa son mégot dans le pot de fleur rempli de terre et rentra dans le salon surchauffé. Beaucoup de convives s'étaient éclipsés, sans doute à cause de ce terme si terrifiant de « ranger » et ils se retrouvaient à trois pour cette basse tâche. Jean récupéra les verres et les assiettes disséminés à travers la pièce pendant que les autres s'occupaient de remplir les poubelles et de nettoyer la table.

— Ça s'est bien passé.

— Plutôt oui. Ça manquait de fille mais bon.

Ils éclatèrent d'un rire sonore.

— Au moins Véro ne pourra pas m'accuser d'avoir passé la soirée à draguer !

— On témoignera en ta faveur.

— Je suis pas sûr qu'elle prenne ton témoignage très au sérieux, elle sait que tu jurerais avoir vu la Vierge si ça pouvait m'aider.

L'appartement reprenait une allure convenable et les trois potes s'affalèrent sur le grand canapé blanc. D'un air attristé, le locataire des lieux avisa l'état de sa moquette

— J'suis bon pour un shampouinage. Elle est grise maintenant !

— Si ton proprio voit le désastre, il piquera une crise de nerf.

— Déconne pas. J'ai pas payé le mois dernier…

— Bon, allez, je vous laisse avant de me faire tuer. À lundi.

— Jean resta encore une bonne heure à discuter de filles avec ses amis puis, ayant déjà affirmé par trois fois qu'il devait y aller, il réussit finalement à s'extirper de la franche camaraderie du salon pour sortir dans la froide nuit d'hiver.

Une fois seul, il regretta amèrement ne pas être parti plus tôt avec les autres. La pleine lune jouait toujours à cache-cache avec les nuages qui défilaient à vive allure dans le ciel. Passant de l'éclairage cru à la quasi obscurité, la ruelle, pourtant familière, paraissait sinistre.

Peu impressionnable, Jean hâta pourtant le pas. Des recoins restaient enténébrés et son esprit fatigué imaginait le regard menaçant de créatures tapies. Un malaise l'étreignit, sa nuque le démangeait. Il se retourna prestement mais la ruelle était vide. Un chat miaula au loin.

Il repartit. Quelques centaines de mètres devant lui, la ruelle débouchait sur une rue éclairée par des lampadaires faiblards. Des voitures filaient, lui léguant quelques brèves notes de l'autoradio hurlant à la nuit.

Trop absorbé par cette trouée lumineuse, il ne remarqua pas les gravats et s'affala lourdement à terre dans un craquement de mauvais augure. Une douleur sourde vrilla dans ses tempes, il suffoqua en étreignant sa cheville. Sa vision se brouilla, piquetée de points noirs, son pouls s'accéléra.

Il reprit peu à peu ses esprits. Il se sentit vulnérable ainsi échoué par terre. Tout paraissait gigantesque, les immeubles, grandis par la perspective, menaçaient de l'engloutir, comme si une attraction malsaine les rapprochait pour engouffrer la ruelle. Il éprouva le besoin urgent de se relever, mais son corps refusa catégoriquement de s'exécuter et il resta ainsi de longues minutes, comme un pantin cassé, abandonné sur le trottoir.

Le sol froid le transperçait, un engourdissement insidieux le saisissait, sa cheville semblait grossir mais bizarrement, comme anesthésiée, il ne ressentait rien. Il était fatigué. Sans prendre aucun soin de son pantalon, déjà maculé de grosses traces noirâtres, il se retourna et se mit à quatre pattes sur les genoux. Le monde tournait autour de lui, rendant ses mouvements gauches.

Il prit une éternité avant de réussir à se redresser, silhouette instable oscillant dans la nuit. Pour raffermir ses aplombs, il s'adossa à la palissade qui se dressait à cet endroit. Depuis quand ces planches rompaient-elles la monotonie de la succession des immeubles? Jean passait ici plusieurs fois par semaine mais jamais il n'avait pris le temps de réellement regarder autour de lui.

Partiellement soulagé par cet appui, il réussit à rétablir un équilibre précaire. Son échappatoire paraissait plus lointain que tantôt. Ses yeux, s'habituant au noir, tiraient à profit la lumière ténue, pour percer certains coins indiscernables. La carcasse d'un vélo abandonné se détachait, monstre dégingandé et absurde. La situation irréaliste le subjuguait et, malgré le froid et l'humidité, il se surprit à détailler le monde autour de lui d'un œil neuf et intéressé. Comme dans un tableau de Soulages, l'outre-noir de la ruelle privée de couleur accentuait des détails invisibles dans la journée.

La peur s'apaisait peu à peu. Son âme d'artiste l'invitait à rester ici et à s'imprégner des images fortes offertes par la lune, mais son côté pragmatique lui intima l'ordre irrépressible de se mettre en chemin. Boitillant, Jean avança donc péniblement vers la rue éclairée, à pas lents et irréguliers. Sa progression fastidieuse semblait inutile, la rue ne se rapprochait pas. Depuis un moment, aucun véhicule n'y circulait et soudain, il prit conscience du silence écrasant qui l'entourait, ni moteur, ni chat, ni musique. Aussi improbable que cela parût, toute activité dans la ville était « sur pause » autour de lui. Son allure ralentit encore et l'étrange impression de progresser dans du coton le saisit.

À sa gauche, les planches se succédaient éternellement. À sa droite, les immeubles anonymes se confondaient, suite ininterrompue de fenêtres et de portes. Ses pas claquaient sur le sol, son souffle rauque sifflait dans sa poitrine, uniques bruits rompant la sérénité inquiétante de ces ténèbres insanes.

La lune, totalement dégagée, brillait dans le ciel d'encre.

Il s'arrêta, pensif. La logique de la situation lui échappait. Où se trouvait-il ? Que lui arrivait-il ? Pourquoi la peur ne l'étreignait-elle pas ?

Quelque chose changea. Il mit un moment à réaliser d'où cela provenait, comme si son esprit également s'engluait. Une étrange chaleur provenait de derrière les planches de bois. Il avait si froid.

Les planches paraissaient solides. La faiblesse qui le submergeait depuis un moment l'empêcherait d'en briser ne serait-ce qu'une partie pour jeter un œil. Il fallait trouver un passage. Il se remit en marche, raide et maladroit, robot rouillé progressant vers un but lointain. Un pas. Un autre pas. Une planche de bois succédant à une autre planche de bois. Toutes identiques, rugueuses, bloquant irrémédiablement le passage.

Après avoir compté trois cent quarante-neuf planches, Jean abandonna. Il s'affaissa, dos à cette barrière infranchissable, profitant du peu de chaleur qui inhalait du bois mort. Il resta là, pantois. La peur, réaction normale, ne surgissait toujours pas. Il se sentait vidé. Aucune cohérence ne régissait cette soirée. Si l'univers perdait ses règles, comment s'en sortirait-il ?

— Que dois-je faire ?!

Il sursauta. Froide et sans timbre, il ne reconnaissait pas sa propre voix. Un regain d'énergie le fit se relever. Il ne succomberait pas au désespoir.

À nouveau debout, il ignorait cependant toujours le moyen d'échapper à ce cauchemar. Car tout ceci ne pouvait être rien d'autre qu'un mauvais rêve, une blague inventée par son esprit fantasque. Il essaya de se concentrer, de se pincer, de sauter sur sa cheville blessée, mais rien ne semblait pouvoir l'extirper de cette folie.

Exaspéré par ses tentatives ridicules, il lâcha sa fureur contre les planches, tambourinant rageusement contre les traitresses qui lui refusaient le passage. Contre toute attente, le bois céda à ces coups, cassant comme du verre, et il manqua chuter de nouveau, surpris par l'absence de résistance.

Il exhala son amertume dans la destruction systématique d'une dizaine de bardeaux. Tapant de son pied valide et de ses poings, la facilité avec laquelle il anéantit la cloison lui conféra une impression trompeuse de force surhumaine.

Calmé par ce déchainement de violence, il observa enfin le paysage nouveau qui s'offrait à ses yeux. À perte de vue, un champ grisonnant, ponctué de grosses fleurs noires, entourait un bâtiment immense, nimbé d'un blanc laiteux. Manquant de recul, Jean ne pouvait apercevoir la fin de la flèche dominant la structure et qui se perdait dans les confins du ciel d'ébène.

Maintenant qu'aucune barrière ne s'interposait plus, la chaleur devint plus tangible, provenant sans doute possible de la structure. Attiré comme un papillon par la lumière, Jean se remit en marche. Le doux tapis de l'herbe après la dureté du macadam apparut comme une bénédiction pour ses pieds fatigués. La sirupeuse fragrance des fleurs l'enveloppa alors qu'il progressait.

L'énorme masse s'imposant sur l'horizon ne suivait aucune logique. Ni porte, ni fenêtre, ni même un chemin ne permettait d'en déceler l'entrée. Des sortes de tours, formes proéminentes vaguement arrondies, pointaient de façon anarchique dans toutes les directions sur une base ovoïde.

Parcourant la pierre sombre, des veines argentées pulsaient au rythme lent d'une respiration. La chaleur s'intensifiait, devenant dérangeante. Les fleurs se raréfiaient et les exceptions qui subsistaient pendaient tristement sur leurs tiges, rabougries et desséchées. L'herbe décharnée craquait sous le pied.

Des gouttes de sueur perlaient sur son front et sa chemise collait dans son dos, décolorée par une grande auréole entre les deux omoplates. Les murs, loin d'être lisses, révélaient des aspérités, rappelant la structure des roches volcaniques, ressemblant désormais bien plus à un bloc naturel taillé par quelque puissance surnaturelle pour en faire une pauvre imitation d'une construction humaine.

Les couleurs disparaissaient, absorbées, drainées par l'aura malfaisante du bâtiment opalescent. Celles des fleurs et de l'herbe, mais aussi celles de ses mains, blafardes, et de ses habits, grisâtres. Spectre évoluant dans un monde de blancs et de noirs, il continuait imperturbable, à quelques dizaines de mètres seulement de son objectif ténébreux.

Il ressentait un besoin impérieux de percer les secrets du monolithe, de s'introduire à l'intérieur. Son salut dépendait de cette chose laiteuse. Il aurait voulu rester à une distance prudente, craignant de se dessécher s'il s'approchait trop du cœur de la fournaise. Il se retrouva pourtant à poser la main à plat sur la pierre, hypnotisé par les veinules qui se mouvaient lentement, courant sur la surface. Elle était glacée, grumeleuse, dure.

Indécis, il hésita un long moment sur le côté à choisir. Il opta pour la direction que la lune lui indiquait. La paume appuyée contre la paroi, la chaleur devenait supportable. Il perdit rapidement toute notion du temps, avançant face à l'astre blafard. Impénétrable, le rocher ne se dévoilait pas. Ses lèvres déshydratées se craquelaient, il mourait de soif. La lune basse sur l'horizon brillait, démesurée en cette fin de nuit.

Soudain, la paroi s'arrêta, fin abrupte sans préavis. Un nouveau pan de muraille s'étendait à perte de vue sur sa gauche. Désespéré, Jean tomba à genoux. Il n'existait pas de porte. Il ne rentrerait pas dans le bâtiment et errerait éternellement dans cette moiteur démentielle jusqu'à dépérir. Les larmes refusaient de couler de son corps vidé de son eau. Il cacha son visage entre ses mains, ramenant ses genoux vers lui, en position fœtale.

Il releva la tête de son apitoiement bien longtemps après. Les fenêtres des immeubles gris s'illuminaient. Le bruit d'une grosse cylindrée hurla dans le silence. Un chien aboya furieusement. Sous lui, les gravats inconfortables crissaient. Il se retourna sur le sol du cul-de-sac de la ruelle et les immeubles ininterrompus des deux côtés. Il avait froid, sa cheville l'élançait.

Le soleil dardait timidement ses premiers rayons, léger rougeoiement s'intensifiant peu à peu, rapportant chaleur et couleurs. La lune, tachée d'écarlate, trahit sa blancheur immaculée, déversant un dernier torrent d'écarlate sur le monde avant d'engager sa lente chute derrière les maisons.

Demain

L'horloge de la cathédrale martèle son huitième coup lorsque les portes du TER s'ouvrent en contrebas. Une voix d'hôtesse de l'air retentit, annonçant le nom de l'arrêt aux voyageurs pressés. Ils connaissent ces quais par cœur et n'écoutent plus. Car, tous les matins, ils sortent du même train et entendent les mêmes litanies, répétées.

« Assurez-vous de ne rien avoir oublié… ».

Personne ne vérifie pourtant. L'escalier se trouve assailli. Les pas résonnent dans le tunnel qui rejoint le hall principal. Le train est arrivé à l'heure aujourd'hui, pas la peine de se presser plus que ça. Pourtant, ils se dépêchent. Comme un seul homme, tous hâtent le pas. Les couloirs se rejoignent, les flux grossissent. L'escalator ne peut suivre le rythme et un bouchon ralentit l'écoulement de la marée humaine. Les minutes s'égrènent et les mécontents râlent contre la lenteur de la foule. Ils craignent certainement de ne pas pouvoir jacasser autour de la machine à café avant que le chef de service n'arrive.

À l'air libre, le soleil les éblouit, quelques-uns dégainent des lunettes solaires, résidus des vacances à la plage. Il fait beau aujourd'hui, comme la météo le prévoyait. Les gens se dispersent. Alors que certains montent dans des bus, d'autres s'engouffrent dans des voitures stationnées sur le dépose-minute. Bien sûr, un nombre important de ces voyageurs finit son trajet à pied.

Ceux qui arrivent parmi les premiers sont Jean-Paul et Anissa. Ils travaillent dans l'immeuble mille neuf cents juste en face de la gare. Ils prennent le même train depuis deux mois, mais ils ne se sont jamais parlé. Elle, elle travaille comme cuisinière au sous-sol. Lui, aux Ressources Humaines, au troisième.

Il ne se rappelle pas avoir embauché cette jeune immigrée, il voit passer tellement de monde. Il ne la dédaigne pas, juste il ne la voit pas. Dès qu'il sort le matin de chez lui, il réfléchit déjà aux décisions de la journée. Il ne gaspille jamais son temps.

D'ailleurs, Anissa a remarqué qu'il travaille souvent lors du trajet. Car elle ne s'assoit jamais très loin de lui, à quelques rangées tout au plus et elle le guette. Chaque jour, elle hésite à lui adresser la parole mais n'ose pas. Grâce à cet homme et aux revenus fixes que lui assure ce travail, elle loue un appartement et peut élever sa fille sans mendier l'aide sociale. Elle voudrait le remercier. Mais il ne comprendrait pas. Elle se laisse distancer pour qu'il entre en premier, inutile qu'il lui tienne la porte et la mette dans l'embarras.

Jean-Paul observe le rituel et adresse son éternel sourire charmeur à la jolie blonde qui tient le stand de l'accueil. Il l'appelle par son prénom, ils mangent parfois ensemble à la cantine. Jean-Paul apprécie leurs moments d'intimité volés, après le travail. Pourtant, inutile d'être trop démonstratif, les collègues ne doivent rien savoir. Il attend l'ascenseur, dos à la porte vitrée en farfouillant dans sa mallette, contrarié.

À son tour, Anissa s'avance. La standardiste lui jette à peine un regard alors qu'elle se dirige vers la cage d'escalier. Le claquement sec de la porte anti-feu étouffe le bip de l'ascenseur… «ce soir», marmonne t'elle en descendant les marches.

Jean-Paul sursaute instinctivement au bruit mais n'y prête aucun intérêt, trop pressé de se frayer une place dans la cabine déjà remplie des personnes montant du parking souterrain. Il ne retrouve par ses notes du petit-déjeuner et cela l'agace.

Elle n'est montée qu'une seule fois dans les étages, le jour de son entretien. Elle se rappelle très bien les grands couloirs blafards aux lumières tamisées et les affiches colorées des campagnes publicitaires. Le blanc prédomine aussi ici, dans les cuisines. Les consignes sont claires sur l'hygiène et sa tâche principale consiste à récurer la moindre parcelle de carrelage. Ce travail lui plait malgré tout. Le salaire et les horaires sont corrects et le responsable ne crie pas trop fort. Elle préférerait travailler dans un beau bureau comme à l'étage… Mais elle n'oserait jamais s'asseoir à côté d'un homme aussi intimidant que Jean-Paul.

Ce dernier s'extirpe de l'ascenseur bondé pour déboucher dans le grand open space du troisième étage. Il rend ses saluts à chacun afin de ne pas froisser les susceptibilités. La plupart des employés lui doivent leurs postes et l'apprécient. Ses recrues sont douées et depuis sa nouvelle politique de gestion de la masse salariale, les bénéfices de l'agence grimpent en flèche. Ses excellents résultats le placent en bonne position pour remplacer la DRH du siège qui prend sa retraite l'année prochaine. Son assistante vient à sa rencontre, lui rappelant les impératifs de la journée et l'escorte jusqu'au grand bureau où son nom est écrit en lettres d'or sur la porte.

Les heures s'écoulent. Jean-Paul participe à une longue

réunion afin de réfléchir sur les offres de formation qui permet-traient de requalifier certains membres du personnel. Anissa et quelques collègues effectuent l'inventaire et le tri du stock.

Au repas, il mange avec un partenaire social important alors qu'elle vide les plateaux dans l'ambiance nauséabonde de la pièce derrière les espaces ménagés pour poser les plateaux.

L'après-midi, ils reprennent les mêmes activités que le ma-tin. Le soleil décline peu à peu dans le ciel bien qu'ils ne s'en rendent pas compte. La réserve ne possède pas de fenêtres et les rideaux ont été tirés dans la salle de réunion. La journée se termine sous la luminescence des lumières artificielles.

Dix-huit heures sonnent le départ. L'ascenseur redescend vers le rez-de-chaussée alors que déjà, la porte de la cage d'escalier se rabat. Anissa marche moins vite le soir, elle est fatiguée. Alors, elle part dès qu'elle peut se le permettre. Elle ne voudrait pas rater son train.

Jean-Paul, au contraire, apprécie de se dégourdir les jambes après autant d'heures assises. Il dépasse la jeune femme au niveau des composteurs.

Ils remontent dans le même train et elle s'assied trois ban-quettes derrière lui. Il lit le journal du soir et ne regarde pas les voyageurs. Demain elle osera le remercier. Elle ne le dé-rangera pas ce soir. Elle se cache derrière son livre de poche. Le train s'ébranle…

Insomnies

Je me tiens dans le couloir depuis le début de la nuit. La maison dort et aucun bruit ne me parvient. Parfois, un moteur plus bruyant perce la nuit, souvent des motos. Plus tôt, j'ai entendu des éclats de voix, les deux fils du voisin rentrant d'une soirée arrosée. Comme chaque vendredi soir.

Je ne sais pas pourquoi je n'arrive pas à dormir. Mes paupières refusent de demeurer fermées et le sommeil me fuit. Alors je me relève.

Il n'y a rien à faire la nuit. Je m'ennuie. J'écris à la lueur du lampadaire de l'extérieur.

Ma femme refuse que j'allume la lumière…

— Si les voisins le voyaient !

Elle ne me permettrait certainement pas non plus de regarder la télévision. Je n'ose pas lui demander. Elle me croit fou et j'évite de lui rappeler que je ne dors plus.

C'est bizarre. Je ne me sens pas fatigué, juste vide.

La journée, je vis normalement. Je travaille comme agent d'assurances en centre-ville. Un boulot tranquille sans rien pour me distraire. Je connais parfaitement mon métier et personne ne me reproche jamais aucune faute. Mes collègues m'apprécient, mon patron me félicite souvent et nous dînons chez lui chaque mois.

Le soir, je couche mes enfants, je leur souhaite une bonne

nuit. Parfois, je leur raconte une histoire. J'envie la facilité avec laquelle ils s'endorment. Et je rejoins ma femme. Elle lit des magazines people, moi, je me plonge dans l'édition du soir. Vers 22 h, elle éteint…

Et le calvaire commence.

La première nuit, je croyais à une insomnie passagère. Le troisième jour, ma femme m'a demandé ce qui me tracassait. Je lui ai tout avoué. Elle s'inquiétait ! Nous avons davantage discuté cette semaine-là que durant les dix années de notre mariage. Elle craignait de me perdre ou quelque chose comme ça.

Mon médecin-traitant n'a rien trouvé. Je me rappelle ses paroles, je n'apprécie pas du tout de passer pour un menteur :

— Voyons ! Vous dormez certainement, Marc. Vous ne vous en rendez pas compte, c'est tout. Votre corps ne présente aucune trace d'une veille prolongée. Rassurez-vous, vous vous portez comme un charme.

Au troisième spécialiste, je doutais beaucoup plus. Plusieurs nuits de suite, j'ai gardé un réveil à côté de moi, fixant sans discontinuer les chiffres du quadrant. Je n'en ratais aucun. Alors que la certitude s'imposait, ma femme décida que nous cesserions les visites aux médecins avant que toute la ville ne l'apprenne. Tant que je me portais bien, inutile de se compliquer la vie.

Le sujet était clos et nous ne sommes jamais revenus sur la question. Mes enfants ignorent tout et je pense que c'est aussi bien. Ils parleraient à l'école et ma femme n'apprécierait pas les rumeurs.

Par la fenêtre, je vois une portion de la rue et la villa des Lecointre en face. Dommage que nous n'habitons pas un quartier plus mouvementé ! Dans cette banlieue tranquille, il ne se passe jamais rien d'intéressant.

J'hésite à m'acheter un ordinateur. Personne ne verrait la luminescence de l'écran depuis la rue. Mon fils parle toute la journée d'Internet avec ses copains. Il paraît qu'on peut y trouver plein d'informations.

Au bureau, j'utilise les mêmes formulaires-papiers depuis trente ans. Mes collègues se moquent de moi et m'assurent que je perds du temps. Je n'en suis pas si certain quand ils se retrouvent bloqués par un signe mystérieux que seul l'informaticien comprend. Argument supplémentaire d'ailleurs car, la nuit, je ne demande que ça, « perdre du temps ».

Je m'ennuie. Cette simple phrase résume mon activité nocturne. Et que c'est ennuyant de s'ennuyer !

Oh ! Un éclat vient d'attirer mon regard au-delà de la clôture blanche des voisins, vers le terrain vague. Ma montre indique 4 h 18. Je scrute l'obscurité mais je ne vois plus rien.

Ça a recommencé ! La tache était trop nette pour appartenir à une flamme. Sans doute quelque chose d'artificiel comme une lampe-torche ou des phares de voiture. Ça s'est rallumé plusieurs fois. Du Morse ? Je connais de nom cette antique méthode de communication. Quoique, bien sûr, je ne maitrise pas du tout son alphabet.

Rien depuis plus de dix minutes. Le message doit être terminé. Je reste sagement derrière ma fenêtre malgré la curiosité. Ma femme ne me le pardonnerait pas si je mourais en battant campagne.

Quelle surprise. Je ne m'y attendais pas ! Il était 4 h 15 quand j'ai revu les signaux. Ils sont en avance à moins qu'hier je n'aie raté le début.

Je suis resté à observer, le cœur palpitant. Je ne comprends pas pourquoi j'éprouve une telle joie. Mon esprit doit s'émouvoir de la moindre parcelle de nouveauté dans mon néant. Je note avec précision l'alternance des luminosités. Je repère au moins trois ou quatre longueurs différentes. Ça donne quelque chose dans ce genre : _____ - - __ _ _ ____ . . . -- __ ____ __ __ __

C'est le troisième jour que je me tiens à ma fenêtre à 4 h 15 précises. J'ai l'impression qu'on n'émet pas toujours le même signal car ça ne correspond pas avec ma saisie précédente... enfin, mes gribouillis.

Je perds le fil lorsque je me penche sur ma feuille pour écrire. Le lampadaire m'éblouit et mes yeux ne discernent plus bien le pâle signal dans l'obscurité. Je dois trouver une solution !

Je me suis rendu à la bibliothèque avant d'aller chercher mon cadet à la piscine. Rien à voir avec le code Morse, comme je le craignais. Ce week-end, c'est décidé ! Le grand désire un caméscope depuis des années, il va l'avoir ! Et je ne repousserai pas plus longtemps l'achat de l'ordinateur.

C'est amusant : désormais, je guette les nuits avec un certain empressement. Ma femme suspecte quelque chose. Heureusement, elle se trompe totalement. Elle pense que je fréquente quelqu'un et m'enferme dans la maison. Cela m'arrange ! Je m'oblige à chaque instant à demeurer à distance raisonnable du terrain vague. Enfin, je sais très bien qu'elle cache les clefs sous son oreiller...

J'y pense de plus en plus.

Cela m'obsède. Je désire tirer tout cela au clair ! Je crains aussi tellement la déception... J'entretiens le mystère parce que l'idée même de retomber dans le train-train me hante.

J'enregistre avec soin chaque message grâce à la superbe caméra digitale achetée samedi. Mon fils ne cachait pas son étonnement et ma femme se demande ce que je mijote. Ils ne comprendraient pas pourquoi je tiens tant à résoudre ce code. Le jour, je raisonne mieux et me sens idiot. La nuit, je n'attends plus que ça.

L'ordinateur me donne bien du fil à retorde et je ne comprends rien malgré le livre censé être «Pour les Nuls». Cette machine du diable me prend pour un spécialiste et me pose des questions incompréhensibles!

Avec le temps, on réussit à tout. J'arrive désormais à télécharger et à visualiser mes vidéos. Je verrouille l'ordinateur avec un mot de passe. Je ne tiens pas à ce que ma petite famille mette le nez dans mes affaires.

Ma femme s'est relevée cette nuit pour être avec moi. Elle trouve qu'on s'éloigne trop l'un de l'autre et elle regrette tout ce temps que je passe seul. Il n'y a pas si longtemps, cela ne la gênait pas. Bizarre.

J'ai failli rater mon observation mais le sommeil a eu raison de sa volonté et je l'ai recouchée dans notre chambre. Elle est belle quand elle dort. Je crois que je l'aime toujours malgré tout ce qui nous sépare désormais.

Je possède douze enregistrements et je cherche des corrélations entre eux. Les messages sont différents et j'ignore comment trouver un point de départ. Je me renseigne sur le décryptage de codes secrets. Durant la première guerre mondiale, un cryptologue a pris quatre ans pour déchiffrer les messages allemands. Pas très encourageant!...

Internet est merveilleux et j'apprends beaucoup de choses même si je n'avance pas. L'avantage: je ne m'ennuie plus!

Ma femme désire partir avec les enfants la semaine prochaine. Ce sont les vacances scolaires. Je pourrais invoquer diverses excuses pour esquiver cette corvée mais je ne tiens pas à la rendre malheureuse. Depuis un mois maintenant, toutes les nuits, l'inconnu émet. Cette régularité me rassure et je me persuade qu'il ne m'abandonnera pas.

Parfois, je me surprends à l'imaginer. Sera-t-il jeune ou vieux ? Je donnerais cher pour voir sa tête le jour où je lui répondrai. J'espère que nous deviendrons amis. Ça me plairait.

Nous partons demain. Ma femme propose que je conduise de nuit pour gagner du temps. Je devrais me reconvertir chauffeur routier, je gagnerais le double d'argent grâce à mon don ! Les enfants se doutent de quelque chose, ils n'osent pas encore poser la question.

Je lance un au revoir silencieux à mon inconnu.

Pourvu qu'il soit toujours là à mon retour…

Je ne pensais pas que ces vacances se passeraient aussi mal… la minuscule tente ne me permettait pas de vaquer à mes occupations nocturnes sans réveiller toute la famille. Et, dehors, des gars du camping ont remarqué mon manège. Des rumeurs ont couru sur mon infidélité et, bien sûr, mon épouse l'a mal pris !

La prochaine fois, nous prendrons une location avec deux chambres. Je ne supporterai plus de passer quatre nuits, enfermé dans quatre mètres carrés à ne rien pouvoir faire d'autre que compter les ronflements du voisin.

4 h 15 ! Quelle précision. Je respire à nouveau. Loin de la maison, je commençais à douter de la réalité de ces lumières.

Je me suis trompé ! Après quinze ans de métier, jamais je n'avais commis la moindre petite erreur, surtout sur un calcul aussi trivial que celui du retour sur l'investissement d'une assurance-vie. Notre produit le plus vendu ! Un stagiaire ne commettrait pas une faute aussi grossière. Mon patron m'a convoqué dans son bureau cet après-midi pour me demander ce qu'il se passait. J'admire sa discrétion, il n'en parlera à personne, j'en suis certain.

Qu'importe ; il est l'heure. Ça recommence.

Je fête aujourd'hui le deuxième mois ininterrompu de transmissions. Je patauge totalement. Je ne comprendrai jamais ce code étrange et mon mystérieux inconnu va certainement disparaître. Un jour. Ne me laissant aucune possibilité d'obtenir la clef de cette affaire. Mon optimisme s'étiole de jour en jour et je ressasse sans fin ces pensées peu encourageantes.

Je dois m'échapper de la maison et prendre le risque de la déception…

J'hésite. Les heures filent. Demain. J'irai demain…

En rentrant du travail, je suis resté deux heures dans ma voiture près de la palissade. Plusieurs fois, je m'apprêtais à sortir, la main sur la poignée mais je suis resté bloqué. Mon portable sonnait à intervalles réguliers : ma femme s'inquiétait de mon retard. La nuit tombant, je suis rentré, peu fier de ma réaction. Demain…

Il est 4 h. Je laisse en évidence ces quelques notes griffonnées sur le carnet à côté de l'ordinateur portable et de la caméra. Je sors… ma femme trouvera ces reliques de ma passion nocturne à son réveil si je venais à ne pas revenir.

Je dois savoir….

Dans la maison encore endormie, une femme s'affale dans les voiles de sa robe de chambre de soie fine. Des larmes coulent sur ses joues. Elle tient dans ses mains tremblantes un carnet gribouillé. Le soleil se lève sur l'horizon au-dessus du terrain vague désert…

Dimanche des Rameaux

La vieille femme marchait à pas menus entre les tombes. Beaucoup respiraient l'abandon, quelques rares témoignaient d'un entretien sommaire, sans doute assuré rapidement par le gardien. Cela donnait une allure plus convenable au grand cimetière.

Elle savait exactement où elle allait, allée dix-sept, tombe six. Son corps vieillissait mais sa mémoire lui restait fidèle. Vingt-deux fois déjà qu'elle s'adonnait au rituel annuel, venant le même dimanche, à la même heure, nettoyer la tombe de son défunt mari. Combien d'années conserverait-elle encore la force de venir jusqu'ici ?

Les gravillons roulaient traîtreusement sous ses souliers fins, rendant sa progression lente et difficile. Elle avait des élancements dans les jambes et ses pieds se plaignaient de l'étroitesse des souliers. Elle n'avait pas retrouvé sa paire préférée et avait dû se rabattre sur ceux-ci, achetés pour le mariage de sa petite-fille en mille neuf cent quatre-vingt-dix-sept. L'ensemble bleu marine, lui, se trouvait bien dans sa housse, protégé de la poussière et des mites au fond de la grande armoire de la chambre. Il sentait un peu la naphtaline, elle oubliait toujours de l'aérer.

Elle s'arrêta un instant, se redressant un peu. Son dos craqua. Aujourd'hui n'était pas un dimanche comme les autres, pourtant le cimetière était désert. Seuls les oiseaux venaient en sa compagnie rendre hommage aux disparus.

Elle repartit à pas lents. Les enfants ne se dérangeaient plus depuis des années, cela l'attristait. Les jeunes oubliaient les ainés. Elle pouvait le comprendre et n'arrivait pas à blâmer son fils pour son absence.

Elle tourna dans l'allée transversale. Elle allait pouvoir se reposer. Cela ne gênait pas Edouard qu'elle s'assoie sur le bord de sa tombe. Bien qu'il n'ait pas eu le temps de vieillir, Edouard comprenait sa fatigue. Heureusement car quoiqu'il en pense, elle aboutirait tôt ou tard ici également, alors autant qu'il s'habitue à partager !

Pour l'occasion, elle s'était levée plus tôt que d'habitude ce matin. Tout lui prenait tellement de temps maintenant qu'elle craignait de ne pas être prête à l'heure !

La tombe avait triste allure. Les plaques funéraires disparaissaient sous le lit de feuilles mortes et la poussière recouvrait le portrait d'Edouard.

— Bonjour Edouard. Comment vas-tu ? Je suis contente d'être là, avec toi…

Il fallait d'abord qu'elle se repose avant d'ôter toutes ces feuilles mortes, elle s'assit à côté de la stèle. Le souffle lui manquait pour continuer la discussion. Elle sortit un grand mouchoir blanc de son sac et nettoya doucement le portrait et les lettres dorées.

— Voilà qui est mieux, Edouard. La poussière ne t'a pas épargné cette année. Tu n'as pas trop froid ici ? L'hiver s'éternise. Il y avait encore de la neige à Remiremont samedi dernier. La pauvre Jeanne ne peut plus mettre un pied dehors depuis des semaines…

Quelques feuilles s'envolèrent et tourbillonnèrent au milieu de l'allée. La veille femme frissonna, refermant son gilet autour de ses frêles épaules.

— Les enfants te saluent. Je sais qu'ils pensent à toi, même s'ils ne viennent pas te voir. Mais si, je t'assure. Ils sont juste très occupés. Ils travaillent beaucoup durant la semaine et ils ont envie de se reposer le dimanche. C'est normal…. Eh oui c'est normal.

Elle commença à rassembler les feuilles mortes à sa portée.

— Oui… Tu as sans doute raison, Paul n'a jamais aimé venir ici. Tu lui fais peur… Il préfère ignorer où il sera enterré m'a-t-il avoué un jour…

Elle se leva pour se rapprocher du pied de la tombe. Elle ramassait les feuilles, une à une, en petits gestes lents.

— Les gens n'ont plus envie de venir pour les occasions… Ils ont tous mieux à faire aujourd'hui que de célébrer la Passion du Christ. Tu te rappelles autrefois ? C'était une fête et non une corvée. Nous y allions tous, endimanchés, fiers de montrer nos plus beaux atours. J'avais des souliers que je détestais… Oui, un peu comme ceux-là. Ils me faisaient mal dès que je les mettais, mais Mère voulait que je les porte tous les dimanches.

Elle riait doucement en se rappelant ce souvenir. Un si simple souvenir.

— La piété est devenue une exception et ce sont les âmes dévotes qui font cancaner. J'ai même entendu aux informations que certains magasins ouvraient le dimanche maintenant. Le Seigneur n'est plus à la mode.

Un tourbillon de vent éventra le tas de feuilles.

— Tu serais bien perdu si tu revenais aujourd'hui…

Joueuse, la bise soufflait par intermittence, réduisant à néant tous ses efforts. Elle décida de profiter de ce vent facétieux pour évacuer directement les feuilles vers l'allée.

— Tu te rappelles Jean-Paul. Mais si, tu sais bien, tu étais avec lui au collège… Et bien il est grand-père pour la troisième fois. Et c'est enfin un garçon. Je ne sais plus comment ils l'ont appelé. Un prénom bizarre. Nolan ou Esteban, quelque chose dans ce style.

La vieille dame avait tellement de nouvelles à raconter à son mari. Mais Edouard ne goûtait guère aux joies du commérage. Et puis elle s'essoufflait tellement rapidement maintenant.

Le silence s'installa et elle s'absorba dans sa tâche.

Lorsque, plus tard, elle déposa sa bénédiction sur le portrait de son Edouard, les feuilles ne déparaient plus la tombe. Une branche de sapin et une autre de lierre étaient de maigres palliatifs aux vrais rameaux, mais c'était tout ce qu'elle avait pu trouver. Edouard saurait s'en contenter encore cette année.

Il aurait fallu qu'elle apportât un pot de fleurs, mais où l'acheter maintenant qu'elle n'allait plus en ville ? L'année prochaine, si elle était encore de ce monde, elle demanderait à son aide-ménagère. Peut-être qu'elle accepterait…

Tout autour de la tombe d'Edouard, les plaques funéraires alignées brillaient au soleil déclinant de cette fin d'après-midi.

Elle resta encore un long moment, là, blottie contre la stèle. Il était amusant de constater qu'aujourd'hui encore ils se sentaient bien tous les deux au-delà des mots, piètres messagers des tribulations de sa vie. Depuis sa mort, elle ignorait comment lui exprimer ses sentiments. Qu'importe, il savait déjà combien elle l'aimait et cela suffisait.

Les ombres s'agrandissaient. Le temps s'enfuyait toujours,

écourtant les bons moments. Elle ne pouvait s'attarder, le retour serait long et le taxi ne l'attendrait pas. Elle déposa un bref baiser sur le petit portrait.

— À bientôt, Edouard…

Et elle s'en retourna. À pas menus.

Barque

Jusqu'aux confins de l'horizon sans soleil, l'immensité désolée du grand désert cendré étendait son emprise. Seule une frêle silhouette rompait la monotonie de la plaine. Petite tache plus noire dans ce monde incolore.

Elle avançait péniblement d'une démarche saccadée lui donnant des allures d'alcoolique. Chaque pas semblait être le dernier. Quelque chose lui fournissait pourtant la faible volonté d'une nouvelle foulée.

— Encore. Encore…

Elle ne cherchait plus à comprendre ce qui lui arrivait. Trop de secondes. Elle perdait le compte. Aucun point de repère ici. Même son ombre l'avait abandonnée dans ce néant sans fin.

— Futile…

Elle ne se lamentait plus. Ses épaules voûtées et son visage parcheminé témoignaient de sa douleur extrême. Quelques larmes perlaient parfois dans ses grands yeux tristes et descendaient doucement sur les sillons de ses joues fanées. Elle portait une robe démodée autrefois décorée de gros tournesols jaunes. On n'y discernait plus que des taches informes et noirâtres. L'étrange poussière qui recouvrait cette terre stérile l'enveloppait peu à peu. La femme devenait fantôme, elle perdait ses couleurs alors que son humanité s'envolait, s'évaporant dans la grisaille environnante.

Elle soupira.

— Une femme ! Je suis une femme de chair et de sang !

Les forces lui manquaient pour crier sa révolte au vide. Alors, elle se rabattait sur la pensée qu'ici quelqu'un pouvait entendre ces paroles silencieuses.

Elle s'appelait Louise Lefebvre, née Leroy. Elle s'était endormie, comme tous les soirs depuis un an, dans le lit inconfortable de l'hôpital où les médecins l'avaient envoyée. Elle ne désirait pas quitter sa maison ; les pièces vides lui rappelaient les jours heureux avec son défunt mari. Ils ne l'avaient pas écoutée. Elle se sentait brisée dans cette chambre aseptisée. Plus rien ne la rattachait à la vie.

Alors elle avait décidé de partir. Ça suffisait bien comme ça !

En attendant sa mort prochaine, Louise était devenue dévote bien qu'elle ne crût pas en grand-chose. En renouant avec la religion, elle espérait naïvement que ce revirement rachèterait une partie de ses péchés et allégerait le poids de son âme.

— Quelle folie !

Un bref sourire déforma ses traits marqués. Ses futiles tentatives de rattraper sa vie d'athée s'étaient soldées par un cuisant échec ! Comme si quelques mois changeaient la donne ! Au moins, elle s'en rendait compte.

Elle payait aujourd'hui son inconstance, sa vanité à croire son âme intouchable. Elle ne niait plus l'existence d'un au-delà quoiqu'elle ne réussissait pas, pour le moment, à savoir quelle doctrine possédait la vérité vraie.

Purgatoire ? Enfer ? Limbes ? Quelque chose dans ce style dans tous les cas.

Elle évoluait, solitaire, depuis ce qui lui semblait être des millénaires. Elle se rappelait son arrivée ici. La première surprise passée, elle attendait l'accueil d'un ange. Or, le jour infini ne prit jamais fin et rien ne changea sur la lande interminable. La panique s'insinua alors dans son être et le désarroi la submergea. Pauvre créature prostrée, elle geignait sans relâche, espérant que ses lamentations plaintives puissent émouvoir une entité supérieure.

Ridicule. Seules les prières sincères toucheraient une déité quelconque et certainement pas les artificielles jérémiades d'une hypocrite !

Depuis, elle marchait.

Elle ne mangeait pas, ne buvait pas, ne possédant rien d'autre que sa robe en lambeaux. Son corps quémandait désespérément ces éléments nécessaires et la faisait souffrir. Pourtant, elle ne s'épuisait pas et ses forces ne l'abandonnaient pas. Elle ne cherchait plus d'explication, focalisant son esprit perturbé sur la simple progression vers son but occulte.

Car elle se sentait attirée dans cette direction sans en connaître la raison. Parfois, il lui semblait apercevoir des rochers gris. À un autre moment, les hautes tours d'une ville.

— Mirages ! Tromperies !

Elle ne s'arrêta pas pour dormir.

— Continuer ! Encore. Encore.

À un moment, le paysage s'assombrit. Impossible de savoir quand. Elle crut à une autre hallucination, douta d'elle-même. À mesure qu'elle s'approchait, il devint pourtant évident que l'uniformité prenait fin. Elle accéléra le pas, pressée de rejoindre le but de sa marche insensée.

Des millions de pas plus tard, elle discerna les contours d'une mer déchaînée.

Puis, les remous d'un littoral tourmenté.

Enfin, elle arriva au bord du précipice, tout en haut d'un à-pic, falaise impressionnante dominant les flots noirs. Une brume blanchâtre courait sur la crête des vagues, occultant toute vue.

Aucun vent ne soufflait. La mer ne dégageait aucune odeur. Pourtant, Louise se sentit revivre face aux éléments déchaînés, la nature possédait une emprise même minime sur ce monde, tout espoir n'était pas vain.

Un éclat coloré attira son regard et elle se mit à remonter la rive avec précaution. Le vertige la menaçait et elle craignit de tomber sur le terrain accidenté. Quelle mort attendait une âme déjà morte ?

Une barque se détacha sur l'eau, fragile coquille de bois bariolé, détonnant dans ce monde de noirs et de gris. Elle arborait toute une palette de pastels, irradiant la gaieté. Des marches, creusées dans le roc, permettaient de descendre jusqu'au ponton où se trouvait attaché le petit esquif. Durant toute la descente, un œil allongé dessiné sur la proue semblait la suivre du regard. Elle monta à bord et s'assit sur l'étroit banc de bois.

Elle attendit.

Son esprit vagabonda vers les anciennes légendes sur le Styx et le passeur demandant une pièce à l'âme des morts pour les faire traverser vers les Enfers.

Pourtant, Charon ne se présenta pas.

Elle ne possédait pas de présent pour le passeur. Était-ce la raison de sa défection ?

Louise s'impatientait. Parfois, entre le brouillard, il lui semblait apercevoir des terres lointaines. La lumière scintillait sur celle de droite. Peut-être le soleil y brillait-il ? Par contre, l'autre de gauche engloutissait la moindre clarté et exhalait une sombre noirceur.

Elle hésitait à libérer l'embarcation et à se laisser emporter par les courants… Elle croyait en sa chance lors de sa longue existence. Est-ce qu'ici également sa bonne étoile imposerait sa loi ? Elle n'en savait rien. Elle pouvait accoster sur l'île accueillante… ou se retrouver coincée sur sa ténébreuse consœur. Les traîtres courants risquaient également de la fracasser contre les rochers.

Elle frémit.

Quel crime expliquait sa punition actuelle ?

La liste des sept péchés capitaux lui revint. Si le jugement se basait toujours sur ces vices primordiaux, son âme serait très certainement damnée pour l'éternité.

— Oh et puis ! Advienne que pourra !

Sans se laisser le temps de réfléchir plus longtemps, elle détacha la barque et immédiatement, les vagues s'en emparèrent. La vieille femme se retrouva ballottée sur la mer déchaînée. En s'éloignant, elle prit la pleine mesure de la hauteur des falaises menaçantes. Elle ne retrouverait pas le ponton, tout retour devenait improbable.

Elle se retourna vers le large. À travers le brouillard, des échappées lui montraient tantôt le jour, tantôt la nuit. La barque tournoyait et elle perdait souvent ses repères. L'absence de rame l'empêcha de prendre sa destinée en main. Elle se laissa emportée, anxieuse de l'issue.

Lorsque ces yeux s'attardaient sur l'île bénéfique, elle imaginait un paradis extatique, chaud et accueillant, où le soleil nourrirait une végétation abondante. Elle y rejoindrait sa famille et ses amis et y trouverait le bonheur. Les animaux animeraient les forêts verdoyantes de leurs cris enthousiastes et apporteraient nourriture et compagnie aux âmes en repos.

Tous ces beaux rêves s'enfuyaient quand elle s'attardait trop longuement sur sa maléfique jumelle. Elle se voyait, corps nu et décharné, marchant sur une lande funeste, ramassant des cailloux brûlants pour les porter sur son dos. Elle tomberait dans l'anonymat d'une marée humaine aux visages tordus de douleur, émettant une plainte continue, suppliant tous les dieux d'achever leurs tourments.

Les événements notables de sa vie défilèrent en sa mémoire. Elle se rappela son premier mari, charmant, lui offrant des cadeaux l'été de leur rencontre. Elle se vit fuir avec son amant un soir d'orage et s'installer avec lui… Puis le divorce, le mariage en grande pompe, les enfants…

Et la barque hésitait, tantôt se rapprochant d'un côté, tantôt de l'autre. Comme une balance au point d'équilibre. Louise repensait à toutes ses bonnes actions, mais les mauvaises lui revenaient également en mémoire.

Droite ou gauche. Enfer ou Paradis. Entredeux fatal qui déciderait de son salut ou de sa damnation éternelle.

Soudain, la tempête cessa et la barque s'arrêta. Un silence pesant s'abattit. Louise savait que le couperet allait tomber, que le temps de l'indécision se terminait. Un courant unique emporta alors la barque à travers la purée de poix de la brume envahissante. Et la petite embarcation disparut…

Porte du sol

Au milieu de la plaine sans nom, Pierre marche, frêle silhouette rompant la monotonie. Il porte une tenue défraîchie, poussiéreuse, les vestiges d'un jean et d'une chemise de grosse toile autrefois colorée. Sa peau est pâle, ses cheveux ternes, tamisés de poussière, ses mains craquelées. Il s'efface peu à peu dans la grisaille environnante.

Il s'arrête un instant, interrompant sa marche solitaire. Il se redresse, se masse les reins et contemple l'horizon. Où qu'il porte son regard bleu azur, il n'aperçoit que l'immensité nue sous le ciel de plomb.

Partout, le même paysage. Seules ses traces ténues, sur le sol cendré, indiquent l'avant de l'arrière, tout se confond, passé, futur, couleurs, avenir...

Il est perdu, oublié, désespéré dans ce no man's land sans fin. Les mots lui manquent pour décrire sa situation. Que va-t-il devenir ? Il l'ignore et il n'a encore trouvé personne à qui poser la question.

Une porte l'a amené ici. Dernier vestige de normalité avant que tout ne déraille. Une seconde porte se présentera certainement à lui. Il n'y croit pas cependant. La logique ne possède aucune emprise ici. Pierre n'espère plus rien depuis longtemps.

Longtemps ? Quoique ? Sont-ce des heures, des jours, des années d'errance ?

— Le temps…

Sa voix rauque sonne étrangement dans le silence pesant. Il grimace, des rides se forment sur son beau visage fatigué. Impossible à dire, sans soleil, sans nuit. Les repères disparaissent. Le vide règne.

Soudain, il sourit. Il est trop fatigué pour rire.

— Rien qu'un mauvais rêve, marmonne-t-il.

Une invraisemblance pareille n'existe pas, il navigue dans un rêve, oh oui, rien qu'un très mauvais rêve. Il doit gésir quelque part, après un malaise, et délirer dans son sommeil. On le trouvera, on le soignera, et il se réveillera à l'hôpital. Tout ira bien. Oui, oui.

Sa mère arrivera paniquée et s'occupera de lui. Elle le chouchoutera, lui cuisinera des crêpes et tout rentrera dans l'ordre.

Ses vacances se déroulaient plus mal que tous les plans fous imaginés par son pessimisme naturel. Pas d'accident de voiture ou de vol des papiers d'identité. Quelle ironie ! En y réfléchissant, il aurait préféré rencontrer un souci moins déroutant, quelque chose de familier, de maîtrisable.

Il se rappelait très bien sa dernière journée «normale». Il visitait une impressionnante abbatiale dans une toute petite ville. La démesure au milieu de la campagne. Autrefois, ce lieu de pèlerinage, sur le chemin de Compostelle, fourmillait de vie. Aujourd'hui, avec ses trois cents habitants, la commune subsistait des reliquats de sa splendeur passée et se contentait des cars de touristes pour payer la réfection de l'édifice vieillissant.

Pierre se tenait à l'ombre du clocher, adossé à un muret, goûtant un instant de fraîcheur dans cette étouffante journée d'été. Soudain, il se trouva face à lui, avec ses cheveux en bataille, sa frimousse piquetée de taches de rousseur et ses dents trop en avant.

— M'sieur, dites, vous savez c'que ça ouvre?

Il zozotait et Pierre resta interdit un instant, essayant de décrypter le message. Le garçon inconnu brandissait devant lui un objet brillant, indistinct à contre-jour, perdu dans ses grandes mains sales.

— Vous savez pas, M'sieur? J'cherche la clef des champs, on m'a donné ça sans m'dire c'que ça ouvrait! J'suis perdu. Vous savez pas où qu'c'est?

— Laisse-moi tranquille et va cuver ton vin ailleurs!

Pierre ne se souvenait pas pourquoi il avait répondu si méchamment. Un savant mélange de peur de l'étranger mêlé à l'agacement idiot de ne pas comprendre la question.

Le rouquin n'insista pas, il baissa la tête, blessé, triste, et s'en retourna en traînant ses baskets sur les graviers avant de disparaître derrière la sacristie.

Pierre ne réagissait pas ainsi habituellement et il repensa pendant tout son déjeuner à l'étrange garçon. Puis, il l'oublia, réintégrant la routine du vacancier insouciant. Il reprit sa voiture bouillante sur le parking pour rejoindre le village voisin et sa prochaine étape : une citadelle médiévale. Les cinq kilomètres ne suffirent pas à rafraichir l'habitacle et c'est suant et pestant contre l'absence de climatisation qu'il se gara sur la place du marché.

Il le revit alors pour la deuxième fois, au milieu d'un attroupement, pleurant, criant dans les bras d'une vieille femme larmoyante. Elle lui ressemblait, arborant la même tignasse flamboyante, son visage barré par des rides d'angoisse. La mère serrait fort son fils contre elle, psalmodiant des paroles réconfortantes alors que lui geignait et se débattait.

— Noooon…. J'y suis presque ! M'man, s'teuplait !

— Oh mon grand…

— Le châââteau, m'man, la clef ! La clef des champs. Tu disais que j'devais la prendre. J'l'ai trouvée ! s'teuplait.

— J'ai eu si peur de te perdre. Je…. Je t'aime

Voyeur irrespectueux, Pierre se mua en vautour, se repaissant du malheur d'autrui. Il ne rata aucune plainte, aucun revirement de la scène insolite. Le fils hurlant, s'échappant. La femme courant et s'écorchant les genoux sur le macadam. L'épicier et le boucher apportant leur aide à la mère en détresse et maîtrisant le fils récalcitrant. Il ne rendit son intimité au duo malheureux qu'au moment où ils repartirent, dans le vrombissement d'une vieille super cinq fatiguée et les aigus des dernières supplications du fils.

Pierre, satisfait par ce divertissement impromptu, poussait la porte du château quand un éclat attira son attention. Il se pencha pour ramasser une clef dorée. Exactement là où le jeune homme, rattrapé par les deux villageois, avait fini son voyage.

Il empocha l'objet, et l'oublia…

Malheureux ! Pourquoi fallait-il qu'il se mêle constamment de ce qui ne le regardait pas. Inconscient du drame qui se profilait, Pierre visita le château chargé d'histoire… et il courut vers sa perte.

Il ressentit immédiatement une gêne quand il s'engagea dans les escaliers de pierre menant aux caves. Il expliqua ce malaise par la différence thermique. Pourtant, au bout de quarante marches, il lui semblait toujours qu'un regard menaçant vrillait son dos.

Il se retourna. Personne. Seule la musique d'ambiance répondait à son angoisse.

Simple superstition idiote ! Avec hargne, il descendit les derniers mètres et s'enfonça sous terre. Sans prendre garde aux signes, il traversa le cellier et aboutit au clou de la visite : la chapelle basse. Rarissime exemple de dévotion sans faille, les seigneurs de la place désiraient pouvoir se recueillir en toute saison, en toutes circonstances dans ce lieu secret et enfoui.

En tremblant, il s'avança au centre du chœur, entre les fins piliers éclairés avec une économie de moyens et qui se découpaient sur les murs de pierre brute. Les chapiteaux grimaçants le dévisageaient, se moquant de son trouble grandissant.

Alors, tout bascula.

Se soumettant à une autre volonté que la sienne, sa main le trompa et fouilla sa poche pour en ressortir la clef. Elle ne ressemblait plus au misérable objet trouvé précédemment, elle brillait maintenant par elle-même, pulsant d'une luminescence malsaine, donnant aux monstres sculptés des palpitations.

Et là, face à lui, se découpant dans le vide, une porte surgit.

Alors que la clef tournait en silence dans la serrure invisible, il leva les yeux vers la voûte aux délicates arcades. L'espace se resserrait autour de lui, les murs disparaissaient dans l'obscurité et le plafond se rapprochait. Surtout cette pierre énorme, la clé de voûte, soutenant par quelque magie de l'architecture le poids entier de l'énorme citadelle. Elle semblait à portée de main, prête à l'écraser dans ce qui serait son tombeau.

La porte s'ouvrit brutalement, déchirure blafarde repoussant l'obscurité du sanctuaire qui se révéla dans toute sa splendeur à la lumière. Pierre ne prit pas la peine d'observer en détails les merveilles artistiques et traversa vivement l'ouverture, courant presque pour fuir ce lieu maudit.

Il ne reprit ses esprits qu'une fois de l'autre côté, dans le désert. Là, il se rendit immédiatement compte de son erreur, la race humaine n'appartenait pas à ce plan, et il voulut reculer, repartir vers son monde, la couleur, la vie. Mais le chemin n'existait plus : la porte avait disparu et, avec elle, les espérances du retour.

Depuis, il marche, la clef dans sa poche. Il la sort parfois, avançant le bras tendu durant des kilomètres, espérant qu'elle le guidera vers un accès camouflé. Il guette tout changement de couleur ou de masse et se persuade même parfois de percevoir d'infimes changements. Il faut pourtant se rendre à l'évidence : elle ne vit plus et paraît si insignifiante, ridicule bout de métal.

Ridicule autant que sa quête. Comment trouver une porte qui ne possède ni battants, ni serrure, ni même un seuil qui soient visibles ? Elle se trouve peut-être là à droite ? Ou juste à gauche là-bas ? Est-ce qu'il ne vient pas de la rater de quelques centimètres ?

Il oscille, tel un homme ivre mort.

— Aidez-moi !!!

Et il s'écroule en hurlant, face contre terre. Du revers de la main, il balaie le sol, agrippant de pleines poignées de poussières et les jette dans toutes les directions.

Aucun vent ne souffle dans cette contrée et les grains retombent sur lui, le recouvrant d'un mince linceul asphyxiant. Il tousse. Il étouffe. Il est trop faible pour fuir l'air saturé, se noyant dans sa propre bêtise. Il attend.

Sa panique s'apaise à mesure que l'air redevient respirable. Et Pierre repart.

« La clef des champs », disait le rouquin… Il n'existe pourtant ni champ, ni rivière, ni soleil. Rien d'aussi accueillant dans ce monde plat et vide.

Plus loin, il se rassoit en tailleur, les coudes sur les genoux et la tête calée entre ses deux paumes. Et il attend…

Le soleil ne se lève pas. La lumière ne décroît pas. Rien ne change et Pierre réfléchit.

Les rides sur son front soucieux s'incrustent… Une barbe poivre et sel recouvre peu à peu son menton, ses joues… Ses cheveux atteignent ses épaules, son dos, ses reins, fins filaments grisâtres.

Lorsqu'il se relève, il peine à se redresser totalement. Ses épaules affaissées, son dos voûté et ses cheveux gris lui donnent une allure de vieux sage.

Il ne reprend pas sa marche, observant plutôt le sol et la poussière, accumulée autour de lui en monticules soyeux. Elle s'organise en circonvolutions étranges. Un sourire énigmatique illumine ses traits.

— Bien sûr !

Traînant son pied derrière lui, il trace une ligne nette, interrompue. Derrière lui, une légère luminescence commence à sourdre de la porte qui apparaît du sol. Il accélère, frénétique. Une complainte s'élève de sa bouche desséchée. Timide, elle s'affirme peu et à peu et c'est en déclamant un inquiétant chant de victoire qu'il termine son ouvrage.

Une nouvelle litanie s'élève en écho, la clef bouge dans sa poche. Il l'extirpe, la brandissant tel un trophée. Elle semble animée d'une vie propre, l'attirant vers le sol et vers une serrure invisible qu'elle seule connait. Il se laisse aller, en transe. Elle disparait à moitié dans le sol qui n'oppose aucune résistance.

Un cliquetis sinistre résonne et le sol cède sous Pierre. Il se

sent tomber, quittant enfin l'enfer de la désolation. Qu'importe
ce qu'il trouvera à l'arrivée, rien ne peut être pire que le néant.

Il tombe….

… et atterrit sèchement sur des rochers, la pluie frappe
son visage. Insensible à la douleur de ses genoux écorchés,
au froid et au vent, il se relève, riant aux éclats sous l'orage.
Face à lui, la mer s'écrase sur une falaise, grondant, en cette
fin d'après-midi d'hiver. Ses sens, assaillis après l'anesthésie
du purgatoire, se réveillent, il renaît.

— Je suis le maître de la clef !

Boîte

Enfoncée dans le sable encore chaud, Elise profitait de chaque instant. Le soleil, très bas sur l'horizon, colorait le ciel, décoré d'une foultitude de petits nuages moutonneux, dans un arc-en-ciel de roses et de bleus. La mer calme léchait la plage en un chuintement reposant. Ses sandales, abandonnées à côté d'elle, disparaissaient dans la lumière déclinante du jour.

Elle se trouvait seule, sur la grande plage déserte. Quelques mouettes picorant dans le sable lui tenaient uniquement compagnie. D'ici quelques minutes, la nuit étendrait son voile de ténèbres sur l'île mais elle ne craignait pas le noir. Elle préférait mille fois profiter de l'exclusivité de ce lieu le soir que de le partager avec les touristes durant la journée.

Rapidement, la température déclina et de petits frissons la parcoururent. Elle se releva, resserrant autour de ses frêles épaules son gilet léger. Le sable collait à sa peau et emmêlait ses cheveux. Elle s'ébroua comme un chien, nettoyant à grands gestes secs son pantalon de lin. Elle récupéra ses chaussures qu'elle tint à la main et remonta la grève, les pieds dans la mer tiède. Petite silhouette tout habillée de blanc, ses longues boucles rousses reflétaient les derniers rayons du soleil.

Les premières étoiles s'allumaient dans le ciel d'encre du crépuscule mais la lune demeurait cachée ce soir-là. La splendeur du coucher de soleil se fanait à mesure que l'astre disparaissait dans les flots. Une voile blanche se découpa un bref instant puis disparut sur l'immensité mouvante.

Quand elle ne réussit plus à discerner le sable sous ses pas, elle sortit sa frontale et l'alluma. Un faisceau étroit lui ouvrit un chenal dans l'obscurité. Elle continua sa route, rêveuse. Le bord de mer offrait un chemin idéal, sans bosse ni obstacle et elle se rapprocha rapidement de la pâle luminescence du village. Une odeur épicée provenait des bois, sur sa gauche, se mêlant à la douce senteur marine de l'Atlantique.

Soudain, quelque chose capta brièvement la lumière et par là-même son attention. À moitié enfoui, un coin de métal blanc émergeait du sol. Intriguée, la jeune femme s'accroupit et extirpa l'objet pour l'examiner. C'était une boîte de fer rectangulaire, sans fioritures ni étiquettes. Rongé par le sel, le métal corrodé présentait de larges plaques blanches à plusieurs endroits, lui donnant un air âgé et mystérieux. Ajouté qu'aucun signe extérieur ne renseignait sur le contenu et la curiosité d'Elise atteignit son paroxysme.

Elle tenta de forcer le couvercle mais il résista, glissant et faussé. Elle manquait de prise et ses doigts, engourdis par la fraicheur, perdaient de leur agilité. Elle se releva prestement, serrant contre elle son butin, et repartit avec un entrain nouveau vers sa maison.

À peine les lampadaires remplaçaient sa lampe torche qu'elle s'introduisit dans le jardin modeste d'une des premières maisons du village. C'est ici qu'Elise passait chaque été trois semaines en compagnie de son père. La barrière du jardin grinça tristement en se rabattant, informant tout le quartier de son arrivée. Le rideau de la fenêtre du salon bougea discrètement. Les grosses fleurs rouges, grimpant le long des murs blancs de l'allée, se mariaient admirablement avec le rose du toit, exhalant leurs suaves senteurs dans le soir naissant.

Elle s'assit sur le rebord de la première marche du perron et, consciencieusement, ôta le sable qui s'attachait encore à ses pieds. La porte s'ouvrit, laissant le passage à un homme, grand, sec, au teint hâlé, vivant dehors la plupart du temps. Malgré ses cheveux grisonnants et ses traits tirés, il s'avérait difficile de lui donner un âge exact. Elle leva son visage de poupée vers son père :

— Bonsoir Papa.

— Je t'attendais. Je suis content que tu sois rentrée. Bonne nuit !

— Bonne nuit…

L'homme rentra dans la maison, laissant la porte entr'ouverte. Elise le suivit.

La télévision hurlait des commentaires sportifs incompréhensibles. N'y prêtant aucun intérêt, elle coupa à travers le salon pour emprunter la porte de derrière. Il lui fallait des outils pour percer les secrets de la boîte et elle n'en trouverait que dans l'atelier de son père.

Elle se faufila à travers la cour et s'introduisit dans la cabane. Tâtonnant dans le noir sur le mur, elle rechercha un long moment l'interrupteur. Le faible éclat de l'ampoule, pendant tristement au bout de son fil, permettait à peine de discerner les objets de la pièce et elle ralluma sa frontale.

Elle n'était que rarement venue ici et elle contempla avec étonnement l'organisation méthodique du fatras rassemblé sur à peine un mètre carré. Les ustensiles pour le jardin se dressaient à côté des outils de bricolage, entre une vieille roue de secours du 4x4, le guidon tordu d'un vélo et les étagères supportant divers bidons et pots.

Elle posa sa boîte sur un minuscule établi, prenant bien garde à ne pas déranger les affaires de son père, et s'empara d'une pince. Elle s'escrima pendant une bonne minute au moins, pestant contre l'instrument qui ne retenait rien du tout.

— Tu t'y prends mal.

La voix grave de son père la fit sursauter. Elle rougit, prise en flagrant délit de violation de propriété et bafouilla une sorte de « Désolée ».

— T'en fais pas, j'installerais un cadenas si je cachais des choses ici. J'aurais juste préféré que tu me demandes avant que tu ne te blesses. Laisse-moi faire.

Elise recula vers la sortie alors que son père rejoignait l'espace de travail. Il rangea la pince avec une consternation évidente sur le visage et en prit une autre. Il bloqua ensuite l'objet récalcitrant entre les grosses mâchoires d'un étau et commença à tirer. En quelques secondes seulement, dans un craquement sinistre, le couvercle lâcha enfin prise. Un long chuintement, comme une dépressurisation retentit puis le silence revint.

— Y'a rien du tout là-dedans. C'était censé contenir quoi ?

— J'en sais rien… je l'ai trouvée qui trainait sur la plage.

Son père haussa les épaules et commença à réordonner ses outils. Déçue, Elise lâcha un « merci » sans couleur et récupéra sa découverte. Elle remonta dans sa chambre. Là, dépitée par cette navrante fin de journée, Elise abandonna la boîte traîtresse sur son lit et disparut dans la douche.

Sous le jet fumant, elle tenta vainement de divertir son esprit en se rappelant les images magnifiques du soleil couchant rougeoyant sur l'horizon, mais elle revenait sans cesse vers sa déception. Un objet ainsi échoué sur la plage devait contenir quelque secret, un message abandonné par un naufragé en détresse, un trésor dissimulé depuis des décennies! Les histoires étaient unanimes à ce sujet.

Enroulée dans une serviette mauve, elle s'assit en tailleur sur son lit, éclairée par la lumière crue du plafonnier. Sa trouvaille trônait toujours, grisaille se détachant sur le couvre-lit bigarré, l'intérieur encore dissimulé par le couvercle rabattu. Elle l'observa un long moment, puis, bien décidée à connaître la vérité si frustrante soit-elle, elle s'en empara.

Dès son contact, elle hoqueta alors qu'une froideur intolérable s'insinuait dans ses paumes, aussi brûlante qu'un brandon chauffé à vif. Instinctivement, sous la douleur ardente, elle la rejeta avec force. La boîte rebondit sur le matelas et atterrit sur le plancher dans un tintement sourd. Le couvercle se détacha, disparaissant sous le lit. Inquiète, Elise examina immédiatement ses mains : elles étaient indemnes.

— Quelle idiote!

Maintenant que l'objet gisait à terre, elle se contorsionna pour en apercevoir le fond, se gardant bien d'y retoucher. Désespérément vide, il ne renfermait rien d'autre qu'un peu de poussière blanche. Elle soupira, vaincue par les évidences.

À moitié découverte dans sa serviette trop courte, elle grelottait, frigorifiée. Elle abandonna avec joie son drap de bain humide pour enfiler un pyjama puis se glissa sous la couette et ouvrit un livre. Elle tremblait et ne réussissait pas à se concentrer sur les mots vacillants de la page. Le froid devenait insoutenable, presque polaire. Sa respiration hachée se condensait en petits nuages.

Elle se releva pour chercher un pull. Dans les grandes armoires, elle ne trouva rien de chaud et dut se contenter d'un gilet bien trop léger. Elle n'emportait toujours que le strict minimum chez son père et les tenues hivernales apparaissaient en queue de liste de ses priorités, théoriquement inutiles en plein été.

On frappa à la porte :

— Papa ?

— Le temps est devenu fou, j'ai jamais vu ça… Je sais pas ce qu'il se passe mais je me suis dit que tu aurais peut-être froid…

— Tu peux le dire… j'ai rien emporté pour cette saison moi !

— Tiens !

Son père lui lança une grosse couette empestant l'antimite.

— J'ai remis en marche la chaudière, la maison va se réchauffer d'ici peu. Bonne nuit.

Il quitta sa chambre, refermant doucement la porte. Elle réarrangea son lit, s'entourant avec délectation dans la couette nouvelle. Une discrète odeur de brûlé témoignait que les chauffages reprenaient du service. Sur la fenêtre, le gel s'étirait en plaques tentaculaires, tamisant l'extérieur sombre d'un voile blanchâtre. Peu à peu, alors que la pièce se réchauffait, elle sombra dans un sommeil agité.

Elle rêva de sa plage préférée, là où elle se rendait tous les jours. Elle marchait dans le noir, sous la lumière blafarde de la lune. Quelque chose de métallique pulsait dans le sable, attirant son attention, une boîte grisâtre exhalant une froideur sans nom. Le chuchotement exquis d'une voix enchanteresse la pressait de l'ouvrir. Elle désirait tant s'exécuter. Elle se baissait, mais la plage lui refusait ce droit et se dérobait, s'étirant et l'éloignant de la tentatrice. Elle se remettait en marche, mais plus elle avançait, plus la boîte s'éloignait. Elle courait, échevelée, mais tout allait plus vite qu'elle et disparaissait de sa vue.

Le ciel se couvrait de nuages violacés, elle errait dans le noir d'encre, aveugle et paniquée. Des torrents de pluie noire se déversaient sur le monde, averse se transformant peu à peu en neige drue. Les distances ne représentaient plus rien et chaque pas se révélait inutile. Tout la fuyait. La neige la glaçait et elle s'écroulait, frigorifiée, trempée, épuisée. Le linceul de neige commençait à la recouvrir peu à peu alors que l'île entière disparaissait. Seule une pointe de couleur subsistait dans l'immensité livide : de grands arbres jaunes résistaient à la tourmente, se dressant fièrement, insensibles aux atteintes du froid. Des mimosas !

Elle se réveilla en sursaut. Par la fenêtre, les pâles lueurs de l'aube transperçaient les rideaux jaunis. L'ambiance gelée de la chambre, digne d'un matin d'hiver, jurait avec la date présumée du onze août qu'affichait son portable. Elle se leva, toujours enroulée dans sa couette et se rendit à la fenêtre.

Une scène irréaliste s'offrit à ses yeux : les maisons blanchies à la chaux disparaissaient, se confondant avec la neige immaculée qui recouvrait à perte de vue le village et les dunes. Pointant ici et là, des fleurs estivales aux couleurs criardes perçaient le blanc manteau, rappelant l'aberration de la nature. Dans la forêt toute proche, les chênes verts pliaient, leurs branches alourdies par la neige ponctuée du vert de leurs feuilles. La mer grise, démontée, attaquait la plage dans un grondement sourd. Un parasol abandonné gisait, tache orange.

Elle buta dans quelque chose de métallique et elle se rappela soudain son rêve. La boîte maléfique devait disparaître sans quoi l'île sombrerait dans un hiver sans fin. Le climat, si doux, deviendrait un enfer que tous fuiraient. La faune et la flore, inadaptées, mourraient et ce serait la fin de ce paradis.

Elle récupéra son drap de bain, abandonné sur une chaise et, précautionneusement, elle l'utilisa pour prendre la boîte. L'épaisseur du tissu ne suffit pas à la protéger tout à fait et elle sentit de légers picotements la saisir. Elle posa son dangereux colis sur le lit puis, à l'aide de la couverture d'une bande-dessinée, se contorsionna sous le lit pour tenter de récupérer le couvercle. Après plusieurs essais infructueux, elle réussit pourtant à le glisser vers elle. Avec une extrême prudence, toujours protégée par sa serviette, elle reposa le couvercle, celant fermement ce qui n'aurait jamais dû être ouvert.

Immédiatement, la température dans la pièce se réchauffa et un rayon de soleil perça l'épaisse couverture nuageuse. Elle entoura l'étrange objet dans plusieurs couches de tissus avant de le jeter au fond d'un sac à dos. Vainement, elle chercha dans son armoire des habits chauds et elle opta pour la superposition de deux tee-shirts, trois pantalons et trois gilets qui lui donnaient un air ridicule de bibendum. Elle se dépêcha de traverser la maison silencieuse, préférant éviter de croiser son père.

Personne ne se risquait dehors à une heure aussi matinale, après une nuit aussi anormale et le village dormait encore paisiblement. Elle coupa, solitaire, à travers les dunes. La neige, instable sur le sable, cédait sous ses baskets inadaptées, rendant sa marche lente et malaisée. Elle s'affala plusieurs fois sur le moelleux tapis avant d'arriver dans la forêt de chênes verts. Les arbres luttaient vaillamment contre le froid et la neige ne persistait pas à leur couvert. Elise put marcher à plus vive allure, gagnant ainsi un peu de chaleur. Les troncs tortueux se succédaient, se penchant en tous sens, l'obligeant à se courber sur le sol rendu glissant par le gel. Des rochers gris affleuraient autour d'elle et elle sut qu'elle arrivait.

Elle déboucha dans une minuscule clairière naturelle où les chênes verts, s'entrelaçant avec les mimosas, s'écartaient sur quelques mètres seulement. L'herbe neigeuse brillait sous le pâle soleil et elle se sentit bien. Venant uniquement l'été, elle n'observait jamais les mimosas en fleur mais son imagination l'aidait à voir ce lieu teinté d'or – exactement comme dans son rêve. Si la boîte devait être oubliée, ce ne pouvait être ailleurs.

Elle se maudit un bref instant de ne pas avoir pensé à emporter une pelle et s'employa péniblement à creuser un trou au pied du plus vénérable des arbres. La terre glacée ne se remuait pas facilement et elle peina à ménager une ouverture. Lorsqu'elle jugea le travail suffisant, elle ouvrit son sac à dos. Un vent glacé hurla à travers les arbres, projetant de la neige dans sa direction. Elle déballa les tissus et déposa l'objet. Une ultime fois, elle appuya fortement sur le couvercle puis, sans lui accorder un seul regard d'adieu, elle repoussa la terre dans le trou. Quelques cailloux résonnèrent sur le métal et, peu à peu, la boîte disparut, ensevelie, cachée.

Un vent chaud se leva du sud, balayant l'île de ses bourrasques joyeuses, apportant avec lui un réconfort inespérée. Il s'étendit chassant devant lui la froideur et les nuages grisonnants du ciel. Le soleil, libéré de sa gangue malsaine, darda ses rayons et réchauffa le sol frigorifiée.

Une mouette planait, haut dans le ciel.

Point de vue

Le vrombissement sourd de l'avion fait résonner tout l'habitacle… Par le petit hublot, je m'efforce d'occuper mon cerveau avec chaque détail du paysage pour lui éviter d'imaginer le crash. Les grands bâtiments gris. Les champs verts, striés de grands axes noirs. Les petites taches colorées se découpant sur l'asphalte. Des maisons à perte de vue. De grands nuages vaporeux interrompent ma contemplation et je sens la panique réapparaître.

Je jette un œil discret aux hôtesses, elles sont souriantes… tout doit bien se passer. Je continue mon inspection du côté de mes voisins, ils sont tranquilles, l'un d'eux arbore même une sorte d'air amusé en croisant mon regard.

Ça n'est vraiment pas le moment de hurler. À quoi est-ce que cela servirait de toute façon ? Nous allons atterrir, comme toujours, et je quitterai ce monstre de métal, comme toujours ! Une fois dehors, tout ira mieux, je pourrai à nouveau respirer l'air frais et marcher sur la terre ferme…

Mes mains me ramènent au présent. Lentement, je baisse la tête pour m'apercevoir que mes jointures sont blanches à force de serrer les accoudoirs du fauteuil. Y appliquant toute ma concentration, je relâche mon étreinte. L'hôtesse se met alors à nous baragouiner quelque chose en rapport avec la météo, je ne lui prête aucune attention.

Des bruits étranges se font entendre sous nos pieds. Je sursaute. Ce n'est sans doute que le train d'atterrissage… Plus que quelques minutes à tenir.

Tout à fait futile de se rappeler que la majorité des accidents se passe soit au décollage, soit à l'atterrissage. De toute façon, je suis coincé ici, quoiqu'il arrive…

Quelle ironie ! Je fais un métier que j'adore, mais je passe ma vie dans les avions que je déteste. Et s'il n'y avait que les avions ! Deuxième épreuve de la journée : réussir à survivre à la foule de fans en folie qui m'attendent sans doute dans le hall de l'aéroport. J'apprécie toute cette attention à mon égard, mais pourquoi toujours hurler, fondre en larmes ou brandir des panneaux me demandant de les épouser ? Je n'ai rien à leur offrir d'autre que quelques secondes de mon temps et un vilain gribouillage sur une photo ou un bouquin.

L'avion touche alors la piste, rebondit une fois, deux fois, puis se stabilise. Mes mains se resserrent autour des accoudoirs pour refouler la panique qui me saisit. Ne pas crier. Je répète ces mots, m'y accrochant frénétiquement. Ne pas crier. Ne pas crier…

La vitesse diminue. J'interromps ma litanie silencieuse pour vérifier par le hublot le cours des événements. En bout de piste, l'avion se dirige vers les grands halls de l'aéroport. La trajectoire semble contrôlée, la vitesse normale. Nous sommes en vie !

Heureux, j'affiche un sourire béat. L'activité autour de moi est fébrile, mes voisins rangent prestement leurs affaires pour gagner quelques précieuses secondes lorsque l'avion nous libérera. Mouton, je les imite, tout à mes pensées joyeuses : encore un voyage qui s'est bien passé ! J'évite de penser au retour, demain.

Les procédures de débarquement sont vite expédiées, c'est l'avantage de la classe affaire. On entre les premiers, on sort les premiers et on récupère ses bagages en priorité.

Seule ombre à cet atterrissage parfait : la foule qui m'attend est malheureusement à la hauteur de mes appréhensions. Toujours le même tableau : des centaines de filles – entre onze et dix-huit ans – hurlent mon nom, se démènent pour m'apercevoir avec des photos et des stylos. Le ridicule de la situation me submerge et je ne peux retenir un fou rire incontrôlé, libérateur, si agréable au milieu de cette folie.

Le temps n'est pas au divertissement. Les agents de l'aéroport, tendus, me pressent d'avancer ; ils ont sans doute hâte de me voir m'éloigner avant qu'un esclandre n'éclate sous leur responsabilité. Riant toujours en partie, j'avance vers l'épreuve.

Je prends le premier stylo que je vois et signe un livre. Les flashs crépitent. Encore un livre par là. Celle-ci voudrait que son amie nous prenne en photo tous les deux, j'arbore mon plus beau sourire. Un agent de l'aéroport pose sa main sur mon bras et me presse de hâter le pas.

J'avance de quelques pas, puis m'arrête. Combien ont fait le chemin jusqu'ici juste par espoir de m'entrapercevoir ? Sans y croire, j'espère valoir le détour… Combien de personnes vais-je encore décevoir cette fois-ci ? Combien sont-elles d'ailleurs ?

J'essaie d'estimer la foule : dur à dire. Mon regard croise alors brièvement celui d'un jeune homme au teint mat qui me dévisage de loin. Qui est -il ?

Autographes. Photos. Déjà la mémoire de son visage s'estompe.

***

La foule pressée autour du jeune acteur m'empêche de rejoindre la sortie aussi rapidement que je l'aurais souhaité. Déjà abattu, ce bref échange de regard avec la star a rajouté une pierre à ma détresse.

Ma vie est vraiment si insipide. Aussi anodine que celle d'un papillon. Sans doute sera-t-elle aussi brève. Je n'ai rien réussi. Personne ne pleurera ma mort, comme personne n'aura remarqué ma vie.

D'autres ont tout. Comme lui. Beauté. Richesse. Célébrité. Flegme à toute épreuve. Moi je n'ai rien. Plus rien.

Je hâte le pas, me glissant dans la cohue des voyageurs. La foule hurlante est loin maintenant. Il est déjà 19 h. Il y en a du monde aujourd'hui! Pas possible de partir plus tôt. Depuis ce matin que j'attends!

Les choses vont changer ce soir. Pour une fois dans ma vie, je vais oublier qui je suis. Au revoir, le minable serveur de la sandwicherie. Adieu l'ex d'Angela. Je vais m'envoler! M'échapper de la tristesse. Peut-être qu'Angela m'aimera toujours dans les rêves?

J'ai toujours refusé d'y toucher auparavant. Trop peur d'aimer ça. Qu'importe aujourd'hui. Mon monde a perdu son axe. Je dérive.

Le métro crisse en s'arrêtant. C'est l'heure de pointe et il est bondé. L'avantage, quand y'a du monde, c'est que t'as pas besoin de te tenir. La masse humaine est là pour te rattraper.

Dans un bruit d'acier torturé, la veille rame m'emmène vers le centre-ville. Pas facile de sortir du wagon, mais je réussis in extremis à m'extirper à ma station. Dehors, la nuit est déjà tombée. Je marche d'un pas décidé vers mon but.

— Il y a toujours une solution…

La voix de ma mère résonne à mes oreilles. Non, non. Ça ne sert à rien de penser à elle. Ce soir. Le bar. Mes potes. La drogue. Le « trip » ! Point.

L'enseigne clignote dans la nuit, « Le Café Bar ». Tout un programme. Trop tard pour hésiter. J'ai pris ma décision et je vais m'y tenir. J'entre.

L'ambiance est enfumée, presque asphyxiante. La musique résonne, à fond, la basse faisant vibrer les murs en briques. Un grand gaillard se tient derrière le comptoir. Plusieurs types y sont accoudés, une bière devant eux. J'aperçois d'autres clients qui jouent au billard dans une autre pièce attenante. Dans la salle principale, les tables sont réparties aléatoirement.

Et mes potes. Au fond.

— Te voilà enfin ! Ramène-toi !

— Je vous l'avais dit qu'il se dégonflerait pas !

— Ouais c'est ce qu'on va voir.

Ils sont cinq, affalés sur les veilles banquettes rouges. Des fils à papa qui se la jouent rebelles le soir pour s'éclater. Je suis à la fac depuis l'année dernière avec eux. Vraiment des amis ? Difficile à dire, en tout cas ça s'en rapproche.

Après trois bières, plus d'hésitation ! Ce sont mes amis ! Les meilleurs du monde ! Mes idées noires envolées, je ris à m'en asphyxier ! Aussi fort que cet acteur tout à l'heure ! Pas plus beau ! Pas plus riche ! Pas plus célèbre, moi aussi je peux rire.

L'heure devenant tardive, la salle s'est remplie. Beaucoup de jeunes. Ça parle, boit, raconte des histoires. Quelques personnes ont poussé les tables et dansent. Pas si mal ce bar finalement.

Et puis on a commencé à faire tourner. Je ne sais pas comment je pourrais leur rembourser ma part, je crois que je m'en fiche. Soudain, tout est devenu si coloré! Plus rien n'a d'importance.

— Je veux danser! Je veux m'envoler! Voyager loin! M'évader!

Comment revenir dans le quotidien sans saveur après tout ça? Non plus jamais la routine. Et je me rappelle encore tout. Angela. La sandwicherie. L'aéroport! Je veux tout oublier. Tout. Plus jamais.

— Encore plus... toujours plus.

Mes amis sont inquiets. À quoi ça sert. Je ne serai jamais beau, riche ou célèbre! Personne ne s'inquiétera que je disparaisse.

M'évader...Partir...

***

La voiture n'avance plus. Une ambulance et un attroupement bouchent toute la rue. Au volant, Laurent, mon petit ami, marmonne. C'est fou comme il n'a plus aucune patience dès qu'il est derrière un volant.

— C'est complètement bloqué, je vais encore être en retard. Quelle idée tu as eu de vouloir aller au musée aujourd'hui!

— J'avais envie. Écoute, laisse-moi là et fais demi-tour, c'est juste la rue là-bas. Je peux finir à pied.

— Ok ça m'arrange. Amuse- toi bien!

Sitôt dit, sitôt fait. Je me retrouve larguée dans la rue. Pressé pour une obscure raison, il fait ronfler le moteur et exécute un demi-tour nerveux, retournant dans le flot de circulation de la rue principale.

Même pas un au revoir. Tant pis, je ne vais pas gâcher mon après-midi à cause de l'humeur de Monsieur ! L'esprit léger, je remonte la route et arrive bientôt à la hauteur de l'ambulance. Je hâte le pas, pressée de dépasser l'accident et craignant d'apercevoir des blessés. C'est nul cette fascination qu'ont les gens pour les malheurs d'autrui.

Les gens murmurent :

— Pauvre gamin. Il n'a pas dix-huit ans.

— C'est terrible la drogue. Il avait encore toute la vie devant lui

Je frissonne. Il faut vraiment être désespéré pour atteindre si jeune et volontairement la fin du voyage. Que lui est-il arrivé ? Simple question rhétorique, la réponse ne m'intéresse pas réellement. De toute façon, je ne le connaissais même pas !

J'abandonne le jeune homme à son triste sort pour reprendre ma route vers le musée archéologique. Rien ne viendra entacher cette journée de liberté ! Des semaines que je me réjouis à l'idée d'y aller. On m'a vraiment dit le plus grand bien de ses collections, j'espère juste ne pas être déçue.

Il n'y a pas beaucoup de monde en ce grand musée et je suis plutôt tranquille dans l'immensité des salles chargées d'histoire. La présentation des pièces est classique, voire veillotte, mais la lumière tamisée crée une ambiance agréable.

Je me retrouve des milliers d'année en arrière. Les hommes n'en sont qu'au balbutiement de l'histoire. Les siècles s'égrènent de salle en salle. Je m'émerveille devant la finesse de réalisation de l'orfèvrerie ou encore de cette magnifique Vierge à l'Enfant de la fin du XIVème.

Le premier étage du musée est consacré aux grandes explorations du siècle dernier. Je frémis dans la salle sur l'Océanie, le dépaysement est total dans les salles sur l'Afrique où les masques ricanants semblent me suivre de leurs yeux malins. Je m'imagine dans la brousse, traquée par les membres masqués d'une tribu cannibale, au son des tams-tams. Les grands totems me dominent, les dieux sculptés surgissant de la colonne de bois comme pour me happer en enfer. Mon imagination s'emballe. Et si…

Les pas pressés d'un groupe de touristes marchant en cadence interrompent brutalement mon songe. Les masques me regardent de leurs yeux morts, les plumes ternies par la poussière.

Le guide s'arrête une seconde au milieu de la salle et finit d'anéantir toute magie en résumant la salle de trois mots brefs :

— Quelques vétustés africaines…

Les touristes hochent la tête, certains ironisent, aucun ne prend le temps de regarder. Déjà le guide les embarque dans la salle suivante. Déroutée par ce brusque rappel à la réalité, je tente de me replonger dans le mystère des lieux. C'est trop tard. La réalité a repris ses droits.

Retour sur Terre. Tout le monde descend !

Par les grandes fenêtres, le soleil darde ses rayons déclinants. Déjà la fin de journée ? J'ai perdu toute notion du temps dans ma brousse inventée. Dans la cour, le groupe de touristes marche vaillamment jusqu'à la sortie. Le même groupe ou un autre, si semblable ? Qu'importe.

***

Quel musée ennuyant ! De belles pièces, peut-être, mais

si mal mises en valeur. Que fait donc la municipalité pour accorder si peu de crédits à la culture!

— Une perte de temps ce musée!

— Tout à fait d'accord, ma chère. Notre avion est dans seulement deux heures. Un miracle si nous ne le ratons pas.

— Ils vont m'entendre à l'agence! Ce guide est totalement incompétent, incapable de se tenir à un horaire.

— À se demander à quoi sert l'argent qu'on donne aux agences de voyage! Certainement pas à rechercher des guides de qualité. Où l'ont-ils dégoté celui-là? Un étudiant de première année sans expérience à n'en pas douter. En tout cas, je ne recommanderai pas ce circuit à mes amies du cercle.

— Nous aurions dû aller dans ce club si chic dont tout le monde parle actuellement!

— Vous voulez parler du Marina Park?

— Mais bien sûr, de quel autre pourrait-il être question!

— Nous pourrions y aller cet été. Jean-Charles n'arrête pas de m'en parler.

— Edouard sera ravi également.

Le bus nous ramène à l'aéroport alors que nous vantons les mérites de ce nouveau palace sur la Côte d'azur. Cette prochaine excursion sera certainement passionnante! Bien plus que ces musées poussiéreux où l'on nous a trimballés cette fois ci.

L'aéroport est bondé, comme toujours. Il y a un attroupement qui se forme autour d'une star, je ne le reconnais pas, un acteur de ce que je comprends, un garçon à l'air stressé que des responsables de l'aéroport escortent rapidement loin de nous.

Nous sommes en retard, il fallait s'y attendre! Une fois n'est pas coutume, le guide réussit à nous étonner et fait ouvrir un guichet rien que pour nous. L'enregistrement est expédié et finalement, nous nous retrouvons avec quarante-cinq minutes à patienter avant l'embarquement.

L'accueil à la sandwicherie est pitoyable, tous les serveurs font une tête d'enterrement. À croire que nous les dérangeons à venir prendre un café. Quelle ville détestable ! Qu'à cela ne tienne, les haut-parleurs annonçant notre embarquement suffisent à me faire oublier ces désagréments, nous partons !

Dans l'habitacle douillet, nous tentons à voix basse de divertir Anne-Marie, ma voisine, de ses idées noires. Malgré nos attentions, elle se crispe sur son fauteuil et son teint vire au blanc lorsque les moteurs de l'avion rugissent pour nous projeter vers les cieux. Quelle sotte de se gâcher un si beau moment. Par le petit hublot, je goûte chaque détail de l'aéroport. Les grands bâtiments gris. Les verrières. Les escaliers et ces centaines de petites silhouettes qui courent partout.

Bien trop tôt les nuages me cachent la vue, je reviens alors à Anne-Marie qui respire par petits hoquets. Une grosse larme descend sur sa joue, lentement. Ses mains sont blanches à force de serrer ses accoudoirs. Le vrombissement du moteur s'atténue peu à peu en un ronron d'arrière-plan.

— Nous rentrons !

Merveilleuse Schola

Melnon n'en pouvait plus d'attendre, ses parents traînaient… Ses grands-parents, n'en parlons pas, ils n'étaient toujours pas ressortis de leurs chambres depuis le petit déjeuner ! Et son petit-ami, Azun, boudait, il refusait de venir, jaloux.

Le jeune homme marchait en rond dans le hall de la demeure familiale des Antes, ses bottines cirées claquant sur le marbre lustré sous l'escalier magistral, prêt depuis l'aube à partir pour la Schola.

Comme tout jeune Seigneur, Melnon se rendait souvent à la capitale du Magimperium, il avait en plus la chance de pouvoir profiter des voyages diplomatiques de son grand-père, le Seigneur Bore, ou Sage Antes, l'un des dix Sages d'Agar, pour parcourir le monde.

Mais cette visite était différente des autres et n'avait plus comme principal but l'exploration de l'immense bibliothèque de la Schola qui se targuait de posséder une copie de chaque ouvrage du Magimperium : Melnon possédait le don et rejoindrait bientôt l'illustre institution comme Minister, avant de devenir un très respecté Magister, l'élite du Magimperium. Il n'aurait plus qu'une unique maîtresse, la Magie, d'où le mécontentement d'Azun, son petit-ami.

Melnon portait sa redingote faite sur mesure pour l'occasion, dans le vain espoir de cacher son corps dégingandé qui ne faisait que s'allonger année après année, sans jamais s'épaissir malgré ses tentatives de prendre du muscle.

Antes avait le même souci. Assis sur une malle, le dos bien droit pour ne pas froisser sa veste, son père portait d'ailleurs la même tenue, une redingote à la mode d'Agar enfilée sur une chemise blanche boutonnée jusqu'au menton et un pantalon ajusté à la large ceinture. Il était absorbé dans la lecture d'un minuscule recueil de poésie avec, sur le bout de son nez aquilin, ses nouvelles lunettes prescrites par le Medicus au début de l'été.

— Vous devez arrêter de vous abimer les yeux sur des ouvrages trop anciens, lui avait conseillé le Magister. Et surtout, Seigneur Antes, assurez-vous que la lumière soit toujours suffisante !

Melnon n'avait jamais vu son père aussi énervé après cette entrevue, ces lunettes l'embarrassaient, elles lui serraient le nez ou encore elles ne s'accordaient pas avec sa tenue… Chaque jour, il trouvait une nouvelle raison de s'en plaindre. Apert ne prenait pas en considération les conseils du Medicus, il continuait à lire, sans prendre garde ni à l'heure ni à l'endroit.

Tel père, tel fils…

Une porteuse arriva avec une nouvelle livraison de sacs qu'elle largua dans le hall, suivie par la mère de Melnon, Lydie. Cette dernière virevoltait de sacs en sacs, déjà apprêtée dans une magnifique robe pourpre, ses longs cheveux blonds remontés en un complexe chignon de bouclettes qui mettaient en valeur son visage de poupée au teint de porcelaine.

— Oh, tu es déjà prêt, mon chéri ?

— Oui, Mère.

— Et tu as empaqueté assez d'affaires ? Nous partons trois

jours, tout de même.

À son regard interrogatif, Melnon lui indiqua un sac modeste, en parti enseveli sous d'autres bagages. Sans aucune considération pour la vie privée de Melnon, sa mère l'ouvrit et en inspecta le contenu avec une moue de désapprobation.

— Je m'en doutais. Et que feras-tu si nous décidons de faire une promenade à cheval ? Et tu prévois réellement de porter ça à la Schola ? Cela ne se fait plus du tout…

— Je… je ne sais pas.

— Suis-moi.

Sous le regard mi-amusé mi-compatissant de son père, Melnon remonta dans sa chambre. Il n'aimait pas que l'on vienne dans son antre, une petite pièce douillette qu'on jugeait inadaptée à son âge et à son rang. Il refusait pourtant de la quitter malgré l'insistance de ses parents.

Ici, tout se trouvait à portée de main, ses livres, ses stylos, ses carnets… À son grand désarroi, sa mère ouvrit ses placards, jetant des chemises sur le lit, des pantalons sur le bureau et des vestes sur le canapé…

Finalement, plus d'une heure plus tard, Lydie décida que toutes les situations possibles avaient été envisagées et redescendit avec Melnon, les bras chargés de quatre nouveaux sacs remplis d'habits.

Plus ou moins au même moment, Bore et Lénor, sortirent de leurs appartements, très élégants dans des tenues bleues luminescentes, l'une des spécialités des couturiers de génie d'Épis qui enchantaient les fibres pour leur donner des propriétés uniques.

Les porteurs , des élèves engagés pour l'occasion, achevèrent de charger les ultimes bagages dans les coffres des trois carri qui les attendaient. Remplacer les chevaux de l'île par ces voitures autonomes était sans doute l'une des meilleures décisions des Sages de ces cent dernières années. Melnon détestait ces bestioles, il préférait tellement ces trajets calmes et contrôlés en carrus, bien assis dans son siège, à l'abri des intempéries et des réactions intempestives du puant animal.

Melnon monta avec son père et son grand-père dans leur véhicule, tandis que sa mère et sa grand-mère s'arrogeaient chacune une carrus de location, de peur d'abîmer les multiples volants de leurs robes.

Durant le trajet, Apert resta concentré sur sa lecture, il espérait sans doute terminer son ouvrage avant de partir, tandis que Bore observait son petit-fils avec cet air dur qui ne le quittait jamais. Melnon fixa le paysage dans l'espoir d'échapper à l'examen du Sage.

Ils remontèrent l'allée goudronnée qui menait à leur manoir pour rejoindre la route principale inhabituellement chargée. Comme il fallait s'y attendre à la veille d'un conclave, les dix Sages d'Agar se rendaient à la Schola, ce qui incluait également leurs collaborateurs, leurs assistants, leurs proches parents, leurs amis, les amis de leurs amis, et une foule de vagues connaissances qui comptaient bien profiter de l'occasion.

Ils sortirent du quartier résidentiel de hautes demeures blanches pour s'engager dans l'une des avenues principales, longeant les bâtiments d'Agar IV qui brillaient au soleil en cette magnifique journée d'été. L'île avait exactement la bonne taille, suffisamment grande pour accueillir les dix Collèges, sans que la foule ne soit incommodante ni les trajets trop longs.

— Melnon, tu dineras à mes côtés ce soir, lâcha Bore.

Melnon s'arracha de ses pensées.

— Hein ? répondit Melnon. Un dîner ?

— Le Conseil est très enthousiaste, ils ont insisté pour que tu te joignes à nous, les délégations des vingt-cinq Provinciae dînent en compagnie du Haut-Magister. S'il remarque ta présence, il se souviendra à jamais de ton visage. Une parole de lui pourrait tout changer pour ta future carrière, et Agar aurait bien besoin de quelques Magistri supplémentaires haut placés…

— Mais, je voulais…

— Allons, fistons, intervint Apert. Juste un dîner. La bibliothèque sera toujours là demain.

— C'est un immense honneur, reprit Bore.

— Je… Je vous remercie, grand-père, balbutia Melnon.

Melnon soupira. Finalement, cette excursion à la Schola ne serait peut-être pas aussi amusante qu'il le prévoyait s'il devait s'astreindre au protocole. Il essaya de repousser cette désagréable pensée, inutile de s'en faire pour le moment, sa mère s'inquiéterait pour eux deux dès qu'elle apprendrait la nouvelle.

Ils arrivaient déjà en vue de la statio, une grande bâtisse de trois étages construite sur le même modèle architectural qu'un manoir, en pierre blanche calcaire avec de hautes fenêtres vitrées et de larges balcons aux rampes décorées, le tout surmonté d'un toit noir d'ardoises.

Certaines stationes, comme à Memoria par exemple, tenaient plus de la forteresse, avec des portes renforcées et des fenêtres barrées, prévues autant pour empêcher d'entrer que de sortir. Il fallait avouer à la décharge de Memoria que les visiteurs n'étaient pas non plus les mêmes : Agar accueillait des élèves avides de savoir plutôt sages, tandis que Memoria recevait tous les nantis et surtout les profiteurs du Magimperium venus goûter à ses délices raffinés, souvent victimes de leurs excès.

Une armée de porteurs vinrent à leur rencontre et commencèrent à décharger les valises dès les carri garées. Bore abandonna les bagages qui les suivraient une fois les contrôles habituels terminés et mena sa famille dans la statio.

Quelques minutes plus tard, la famille Antes passait à travers un porticus, un portail de magie rougeoyant qui reliait les villes entres elles et permettait en un instant de traverser les océans et les mers jusqu'à la lointaine Schola, à des milliers de lieues au nord d'Agar.

Sans surprise, les porticus du Hall des Provinciae avaient été redirigés vers un petit salon, qui, bien que décoré d'ors et de velours rouge, était bien commun en comparaison. Un détachement de miliciens les accueillit, toujours aussi impressionnants dans leurs jaques noires intégrales qui les couvraient du haut du corps jusqu'aux genoux, composées d'une série de plaques horizontales décorées de largues coutures repiquées et du sigillum incrusté à l'or fin.

Le plus gradé des miliciens, un Tribunus, les salua, main sur le cœur, s'adressant plus spécifiquement au patriarche.

— Bienvenue à la Schola, Sage Antes. Vous êtes cinq ?

Surpris, Bore se retourna. Deux professeures en esthétique d'Agar II et leurs assistantes passèrent alors à travers le porticus. Il leur lança un regard de désapprobation pour leur retard avant de répondre au Tribunus.

— Neuf.

Le Tribunus acquiesça poliment de la tête tout en récupérant auprès d'un de ses miliciens cinq bracelets d'or pur enchâssés de vingt-deux petits rubis qui formaient le symbole de l'infini, le sigillum, emblème du Magimperium, et quatre bracelets de cuir avec un poinçon doré.

— Bienvenue au vingt-deuxième conclave du Beatificatio de notre très saint Haut-Magister, Mon Seigneur.

Sans autre commentaire, Bore prit son bracelet, étudiant avec un air critique le métal doré, et confia les huit autres à sa femme qui se chargea de la distribution.

— Cela coûte chaque année un peu plus cher, commenta-t-elle à voix basse.

— Comme si notre Haut-Magister avait besoin de regarder aux dépenses…

Ne réagissant pas à la remarque, s'ils l'avaient entendue, deux miliciens impassibles se placèrent au garde à vous devant Bore.

— Nous sommes à votre disposition, Seigneur Bore.

— Alors ne traînons pas, rétorqua l'intéressé en indiquant la porte.

Les miliciens l'ouvrirent, laissant soudain entrer le bruit assourdissant des visiteurs venus de toutes les Provinciae pour célébrer le début d'une nouvelle année de règne du Haut-Magister.

Sur leur passage, les gens s'écartaient avec empressement, leur jetant des regards étonnés et envieux. Rares étaient ceux qui portaient des bracelets, encore plus des dorés. Ni Melnon ni son père ne semblaient vraiment touchés par cette attention soudaine, perdus dans leurs pensées.

Alors qu'ils arrivaient au niveau d'un ascensus à la porte ouverte, une idée folle traversa l'esprit de Melnon. Sa mère ignorait encore ce que son grand-père prévoyait…

Sans laisser à quiconque le temps de réagir, il bondit dans

l'ascensus.

— Je vous rejoindrai avant ce soir !

— Mais…

À travers les portes déjà refermées, il ne comprit pas les paroles de sa mère, son ton inquiet lui suffit à comprendre qu'une nouvelle fois, elle cherchait à surprotéger son fils unique. Il décolla en direction du quatre-vingt-dixième étage où se situait le premier niveau de la bibliothèque de la Schola.

Sa mère viendrait certainement l'y chercher, il estimait pourtant peu probable qu'elle partît à sa recherche avant que les bagages ne soient arrivés et déballés, ce qui lui laissait au moins deux heures de tranquillité. Des miliciens l'arrêtèrent à l'entrée, ils s'écartèrent immédiatement lorsqu'il présenta son bracelet doré.

— Seigneur…

Ici, un calme saisissant régnait, bien loin de la frénésie ambiante. Pour y être souvent venu, Melnon connaissait bien ces longues allées aux murs couverts d'étagères de pin clair jusqu'au plafond, regorgeant de millions d'ouvrages rangés et estampillés avec soin, leurs titres sur les tranches abondamment éclairés grâce aux lumina incluses dans le bois.

Peut-être un jour travaillerait-il ici… Magister Melnon. Oui, il se voyait bien passer sa longue existence de Magister au service du savoir et des lettres, dans l'ordre des Sapientor. Peut-être que dans vingt ou trente ans, une fois ses preuves faites, il serait à même d'espérer décrocher un poste d'assistant…

Tout pouvait peut-être se jouer ce soir…

Melnon laissa ses pas le guider à travers les rayons, il y avait tellement de choix qu'il ne réussissait à en faire aucun. Son attention fut attirée par un Magister dans sa toge carmin qui, à plus de dix pieds de hauteur, se tenait sur une de ces longues échelles qui se mouvait par magie, indispensable pour accéder aux derniers rangs de livres bien trop hauts, les plus intéressants et les plus rares, une façon élégante de s'assurer que seuls les Magistri en profitaient. Ou alors les petits malins qui réussiraient à entrer avec une échelle ou à faire une pyramide humaine, et cela au nez des miliciens, ce qui n'était pas gagné connaissant la réputation de l'armée du Magimperium…

Ayant visiblement trouvé ce qu'il cherchait le Magister, un beau trentenaire avec de petits airs de Memorian mêlé à un Lishuni, au visage hâlé encadré de cheveux noirs raides, descendit avec grâce, ses yeux bridés noirs rougeoyant légèrement du fait de la magie utilisée pour amortir sa chute. Il sourit en voyant Melnon qui l'observait, admiratif.

— Seigneur Melnon, quelle bonne surprise !

— Magister Sapientor Diusio ! Comment allez-vous ?

Melnon connaissait un peu le Magister qui était venu jusqu'en Agar il y a quelques semaines pour tester les jeunes gens qui allaient fêter leur quinzième année et identifier ceux qui possédaient le don, c'est-à-dire la capacité à manipuler la Magie. Les meilleurs se voyaient offrir une place dans la vénérable Schola… Les moins bons, ou ceux qui refusaient de se former, se voyaient privés à jamais de leurs capacités.

Enfin, c'était ce qui se murmurait, le Magimperium ne parlait pas vraiment de ces choses-là, et Melnon ne pouvait imaginer que quelqu'un veuille refuser une telle opportunité.

Les Magistri ne dirigeaient-ils pas le Magimperium ?

— Très bien, et vous-même ? Vous nous rejoignez bientôt, j'espère ?

— Bien sûr ! J'ai reçu ma convocation, dans un mois, très exactement !

— Parfait. Vous m'en voyez navré, Melnon, j'aurais aimé prendre le temps de discuter davantage avec vous, mais une affaire urgente m'attend. Au plaisir de vous revoir très bientôt, peut-être dans un de mes cours… Minister ?

Melnon rougit, gêné, personne ne l'avait encore jamais appelé comme ça.

— Il me tarde d'y être, Magister Sapientor Diusio.

— Alors à très bientôt, Minister Futurus Melnon !

Avec un sourire charmeur, Diusio abandonna Melnon qui se perdit dans la contemplation de la couverture d'un livre.

Minister Melnon. Cela sonnait bien !

Et Magister Sapientor Melnon encore plus… Mais pour cela, il lui faudrait malheureusement attendre au moins cinq à sept années… Seuls des Ministri aussi doués que le Minister Lorenzo réussissaient à terminer leur formation en moins de trois années. Et à devenir Haut-Magister à vingt-cinq ans.

Sans vraiment savoir pourquoi, Melnon se rendit dans le rayon des biographies, plusieurs livres dédiés au cinquante-cinquième Haut-Magister se trouvant sortis sur un pupitre pour consultation.

Melnon parcourut les feuillets avec désinvolture : qui ne connaissait pas l'histoire de celui que tous désignaient comme le plus grand Haut-Magister de tous les temps ? Il était si sûr de lui sur toutes ses représentations, grand, bronzé, musclé, de longs cheveux noirs et ce regard… des yeux rougeoyants de magie qui vous transperçaient jusqu'au fond de votre âme.

Perturbé par ces émotions qu'il ne maîtrisait pas bien, Melnon décida de retourner dans un rayon plus calme et s'immergea une petite heure dans un traité d'astronomie.

L'heure devint rapidement deux heures, puis trois… La voix haut perchée de sa mère, reconnaissable entre toutes, le sortit de son étude, alors qu'elle s'adressait à quelqu'un que Melnon ne pouvait voir depuis sa table.

— Excusez-moi, Minister. Auriez-vous vu mon fils ? Il fait à peu près cette taille…

Bien que curieux d'entendre la description que sa mère pourrait faire de sa personne, Melnon n'attendit pas la suite de la phrase.

Caché derrière une étagère, il la contourna en remontant par les ouvrages de chimie organique et continua encore sur plusieurs allées, allant jusqu'aux traités de botanique. Là, il sortit par une autre porte, évitant autant que possible que les miliciens ne voient son visage, et se dépêcha de prendre le premier ascensus qui s'ouvrait dans l'espoir que personne ne soit en mesure de renseigner sa mère.

Melnon erra sans but particulier, le meilleur moyen de goûter l'imprévisible et de profiter de chaque moment de liberté avant l'inévitable dîner en compagnie de son grand-père… et du Haut-Magister si intimidant.

Il découvrit des réfectoires ouverts sur la taïga grâce à leurs murs totalement transparents, il descendit des escaliers aux marches recouvertes d'un tapis magique en mouvement perpétuel qui emmenait sans fatigue, puis il se retrouva pris au milieu de fidèles qui tentaient d'accéder au Hall des Provinciae.

Moment de recueillement pour certains, moment d'agacement pour d'autres, ces heures d'attentes convenaient parfaitement au jeune Seigneur en vadrouille. Grâce à son statut, Melnon savait qu'il aurait pu profiter d'une loge spéciale, et même demander une escorte de miliciens pour l'y emmener. Sauf que pour le moment, il n'avait aucune envie de faire valoir ses privilèges qui immédiatement alerteraient sa mère sans doute en train de mener une enquête minutieuse...

Le précieux bracelet doré relégué au fond de sa poche, il attendit plusieurs heures en observant ses voisins, des gens venus de tout le Magimperium, de tous âges et de toutes couleurs : des citoyens de Nataq entièrement voilés de longues étoles pastel, des femmes de Taleia à la peau d'ébène et aux cheveux remontés en un complexe chignon de nattes entremêlées, deux fillettes piquées de taches de rousseur, deux hommes bronzés au port altier de Memoria, une femme de Lishou aux mains tatouées qui donnait le sein à son nouveau-né, et même deux grands gaillards couverts de fourrures aux visages recouverts de tatouages, des guerriers de la terrible île de Karjack, à n'en pas douter, récemment intégrée de force au Magimperium après leur défaite dans un conflit centenaire terminé sans concession par le Haut-Magister intransigeant.

Ils avancèrent doucement, patiemment, à petits pas, les Karjackois semblaient de moins en moins impressionnants alors qu'ils suaient à grosses gouttes, les deux Memorians s'endormirent dans un coin et restèrent en arrière, puis enfin Melnon entra dans le légendaire Hall, centre du pouvoir du Magimperium.

Par un jeu de miroirs hypnotisant, la lumière rentrait par mille fenêtres et se répercutait sur les grenats enchâssés dans les murs et le sol en tourmaline noire, illuminant les socles en porphyre des porticus des vingt-cinq Provinciae, ces mêmes porticus qui étaient actuellement redirigés pour éviter que les Seigneurs et leurs suites ne se mêlent à la populace. En son centre, un gigantesque trône de pierres précieuses les dominait du haut d'une estrade de plusieurs dizaines de marches ceinte de lourds rideaux de brocard rouge.

Melnon suivit le parcours imposé jusqu'aux marches sacrées, avant de repartir en serpentant vers la sortie. Il s'apprêtait à sortir quand, soudain, le Haut-Magister apparut sur son trône.

Bien qu'il l'ait déjà entraperçu à plusieurs reprises, Melnon se joignit aux exclamations de la salle et se jeta au sol. Lorsqu'il osa enfin relever la tête, il aperçut en premier ses chaussures, des escarpins improbables aux hautes semelles compensées. Puis son regard remonta en suivant l'interminable traîne d'une toge écarlate qui semblait faite de lave mouvante. Enfin, Melnon aperçut ses yeux flamboyants et sa couronne d'or et de grenats si gigantesque qu'elle flottait et non reposait sur ses longs cheveux noirs.

L'image, car Melnon doutait que le Haut-Magister en personne les honorât de sa présence en ce jour de Beatificatio, parla d'une voix forte et chaude.

— Au nom du Magimperium et de sa glorieuse Magie, je vous bénis !

Il resta un moment, les bras ouverts, un indescriptible sourire sur son visage parfait, puis le dieu vivant disparut laissant des fidèles pantois et tremblants. Même les Karjackois paraissaient perturbés.

Les miliciens ne laissèrent pas le temps aux fidèles de rêvasser, ils réveillèrent les plus ébranlés de quelques ordres tranchants et la procession reprit son cours. Oppressé, Melnon sortit par l'une des passerelles, ces minces bandes de métal défiant la gravité qui reliaient la tour de la Schola aux centaines de bâtiments qui l'entouraient.

Melnon blêmit, le gros soleil d'été commençait déjà à tomber sur l'horizon ! Il avait attendu au moins deux fois plus longtemps qu'il ne l'estimait. Soudain inquiet d'être en retard, il se dépêcha d'emprunter toute une série de passerelles en direction du bâtiment où la délégation d'Agar résidait et manqua, dans sa course, de renverser une étrange jeune fille rousse qui n'attendit pas ses excuses avant de disparaître dans un couloir adjacent.

Enfin à proximité des appartements de sa famille, un milicien l'arrêta.

— Mon Seigneur, demanda-t-il très respectueusement, je ne vois pas….

Melnon regarda son poignet avec surprise, et se rappela soudain qu'il avait ôté le bracelet doré pour ne pas se faire remarquer.

— Oh, oui, excusez-moi.

Saisi d'une panique grandissante, Melnon fouilla toutes ses poches, il n'en avait en même temps que quatre, deux dans sa veste, et deux dans son pantalon. Le bracelet était introuvable !

— Vous allez rire, reprit Melnon, je crois que je l'ai perdu.

Le milicien se rembrunit, pensant avoir à faire à un resquilleur. Il reprit avec un ton bien moins aimable.

— Monsieur, vous n'avez rien à faire ici. Je vous prierai de bien vouloir rejoindre la tour immédiatement.

— Vous ne comprenez pas, je dois absolument rejoindre ma famille, je dois voir le Haut-Magister ce soir.

— C'est ça… et moi j'ai rendez-vous avec Dame Constie.

Melnon aurait pu faire un esclandre, il aurait même dû, par son aplomb et à grand renfort de formules ronflantes et de titres impressionnants, prouver son rang au garde à défaut de pouvoir le faire avec le bijou perdu. Mais cela ne ressemblait pas à Melnon, il n'osa pas et suivit piteusement le milicien qui le ramena jusqu'à la foule des fidèles, parqués dans certaines zones de la Schola.

Après plus de deux heures passées à guetter les allées et venues des Seigneurs et des Magistri dans l'espoir de reconnaître quelqu'un, Melnon abandonna. La nuit tombée et le dîner définitivement raté, il décida de profiter du conclave, avec ou sans bracelet, et surtout de rester aussi loin que possible de sa famille durant les deux prochains jours, trop honteux à l'idée de subir leur jugement.

Si seulement il avait pu rester à la Schola dès maintenant… Mais Azun ne lui pardonnerait jamais.

***

Pas si loin, dans une grande salle de réception éclairée de milliers de bougies flottantes, des Seigneurs et Dames dînaient.

À l'une des plus grandes tables proche de la table d'honneur, Bore était assis en compagnie de ses neuf confrères du Conseil d'Agar et leurs partenaires. Sombre, il observait le siège libre à son côté.

— Haut-Magister, Empereur-Dieu des vingt-cinq Provinciae, Magie incarnée, Bienheureux, Dux Primus du Magimperium, et Dame Constie.

À l'annonce, Bore s'empressa de mettre un genou à terre malgré son arthrite tenace et de joindre ses applaudissements à ceux de l'auditoire pour l'entrée du Haut-Magister, toujours aussi flamboyant dans sa longue toge rouge aux motifs compliqués. À son bras Constie, une belle Dame blonde d'une

161

vingtaine d'années aux formes généreuses mises en valeur par une toilette raffinée.

Le couple commença sa parade au milieu des convives, glissant de petits mots à gauche et à droite et des sourires de connivence. Le Haut-Magister s'attarda à la table de Taleia, où il s'entretint avec Khenu, Magistratus de Taleia depuis la mort de son regretté père l'année précédente. La sœur de Khenu, Tjehesi, roucoulait idiotement, dans une tentative déplacée de se faire remarquer en totale opposition avec le charme impérial de Constie.

Arrivé à l'une des tables du Collège d'Agar, le Haut-Magister leva un sourcil, surpris.

— Je note l'absence de Dame Lénor. Rassurez-moi, Sage Antes, comment se porte-t-elle?

— Rassurez-vous, Votre Grâce. Une simple migraine.

— Quel dommage, vous lui transmettrez mes meilleurs vœux de rétablissement.

— Merci infiniment, Votre Grâce.

Déjà le Haut-Magister glissait vers ses prochains hôtes, la délégation de Memoria.

— Magistratus Moschella…

Une légère tension monta dans la salle alors que le Haut-Magister restait immobile devant un fier Memorian d'une cinquantaine d'années au regard bleu saisissant, tout de blanc vêtu, assez sobrement d'ailleurs par rapport à la mode actuelle. Le Seigneur Curzo Moschella, le frère aîné du Haut-Magister.

Une fraction de seconde avant que cela ne devienne insultant, Curzo répondit.

— Votre Grâce…

Au petit sourire satisfait du Haut-Magister, la salle se détendit, légèrement déçue peut-être. Les frères Moschella, les deux hommes les plus puissants du Magimperium, ne régleraient pas leurs différends familiaux ce soir encore.

   À suivre…

Pour conclure

Si vous avez apprécié, pourriez-vous prendre
le temps d'écrire un commentaire ?
bit.ly/MerveilleuseSchola

En tant qu'auteure indépendante, c'est l'un
des meilleurs moyens de trouver de nouveaux lecteurs.

Merci par avance !

Retrouvez mes autres livres et
restez en contact via onidra.fr.

www.ingramcontent.com/pod-product-compliance
Lightning Source LLC
LaVergne TN
LVHW020637200726
843508LV00002B/616